ハヤカワ文庫 SF

〈SF2078〉

宇宙英雄ローダン・シリーズ〈524〉

アトランの帰還

H・G・フランシス＆ウィリアム・フォルツ

嶋田洋一訳

早川書房

7806

PERRY RHODAN
SKLAVEN DER SUPERINTELLIGENZ
ATLANS RÜCKKEHR
by
H. G. Francis
William Voltz

Translated by
Yooichi Shimada
First published 2016 in Japan by
HAYAKAWA PUBLISHING, INC.
This book is published in Japan by
arrangement with
PABEL-MOEWIG VERLAG GMBH
through JAPAN UNI AGENCY, INC., TOKYO.

目次

アトランの帰還

超越知性体の奴隷たち

H・G・フランシス

登場人物

ペリー・ローダン……………………宇宙ハンザ代表
フェルマー・ロイド…………………テレパス
ラス・ツバイ…………………………テレポーター
グッキー………………………………ネズミ＝ビーバー
カルシュ・フォゴン…………………ロストックのコスミック・バザール指揮官
ジョン・クロール……………………ロストック・バザール要員。宇宙心理学者
ジョイスリン・ケリー………………同要員。精神科医
イホ・トロト…………………………ハルト人
ブルーク・トーセン…………………ジャルヴォン商館のもと輸入管理官
タッセルビル…………………………サウパン人

1

ブルーク・トーセンはたじろいだ。数日間閉じこめられていたキャビンのドアがいきなり開き、イホ・トロトが押しいってきたのだ。ハルト人のからだはドア枠いっぱいになるほどだった。黒い唇が上下に分かれ、とがった歯があらわになる。三つの目は赤く燃えあがり、まるで内部から光っているようだ。

「話がある」と、ハルトの巨人がいった。

トーセンは立ちあがった。やつれて、力がはいらない。《バジス》から逃げるように立ちさって以来、ろくに飲食していないのだ。トロトがくれたわずかな食糧は、すぐに食べつくしてしまった。

ハルト人が友好的に接しようとしているのはわかる。だが、やはりトロトは恐ろしかった。

「まず、なにか食べさせてくれ」惑星ジャルヴィス＝ジャルヴのジャルヴォン商館のもと輸入管理官は、本心を悟られないようにしわがれ声でいった。「このままでは、倒れてしまう」

「ちびさん」ハルト人は同情するように呼びかけ、四本のアームをすべてのばした。「きみの面倒を見るのを、すっかり忘れていた」

その声はすぐにちいさくなった。トーセンが両手で耳を押さえ、おびえたようにキャビンのすみにうずくまったから。

「行こう。きみに必要なものはすべてそろっている」

トーセンはためらいがちに、用心深くあとにしたがった。イホ・トロトのことをどう考えればいいのかわからない。いまのところ、大切にあつかわれているとはとてもいえなかった。まるで、いつでも部屋のすみに投げつけられる、一個の鉄片であるかのようなあつかいをされているのだ。

どうしていまは、こんなに友好的に世話をしようとする？　なんの話があるというのか？

トーセンはここ数時間ほど、自由を感じていた。セト＝アポフィスの精神的な影響は、みじんも感じられない。

自分がいつそんな状態になったのかは思いだせなかった。どうやったらセト＝アポフィスから自由になれるのか、と、くりかえし考えてはいた。超越知性体に屈服してから、ずいぶん時間がたつ。それでも、自分はイホ・トロトほど危険な存在ではないはずだ。ハルト人のほうが人類にとって脅威なのは、考えるまでもなかった。

いま、トロトはどんな状態なのだろう？

宇宙的な力の影響から自由になっているのか？

それとも、セト＝アポフィスに精神的に支配され、自身のなかに盟友がいると信じているのか？

トーセンには判断できない。

確信がないまま、疑念をいだきながら、ハルト人にしたがって船のなかを歩いていく。ついたのは、各種の食糧飲料自動供給装置がならんだ、司令室近くの一キャビンだった。トロトはテラナー用の料理をプログラミングし、数秒後、焼きあがったステーキと新鮮そうなサラダがトレイに載って出てきた。

トーセンは肉と野菜に突進し、すべてたいらげた。

途中、奪われるのではないかとひと口ごとにトロトを見あげたが、ハルトの巨人は装置から自分用の食事をとりだしていた。出てきたものを見て、トーセンは驚きに目をむいた。黄色がかったグレイの、こぶしほどの大きさの立方体で、とても食欲をそそるようには見えない。トロトはそれを口に押しこみ、嚙みもせずにのみこんだ。まるで機械のようで、食事の楽しみといったものはないらしい。

「人間が体力を維持するには、もっと頻繁に食事が必要だ」トーセンが説明する。「わたしを閉じこめたまま忘れてしまったのではないかと、不安だった」

「そんなことはない」トロトは笑い声を響かせた。トーセンが独房で餓死するという考えを、おもしろがっているようだ。「ハルト人はなにも忘れない」

「わたしは人間だから、なにか飲み物も必要なんだが」

トロトはまた笑い声をあげ、カップに水を注《つ》いでトーセンに手わたした。

「われわれ、セト＝アポフィスの支配下にある」ハルト人は説明をはじめた。「テラの脅威になりたくなかったら、なんとかしなくてはならない」

「同感だ」ハルト人が当面、精神的に完全に自由なのを見て、トーセンはほっとした。この状態なら恐れる必要はない。

「どこかの無人惑星に着陸し、この宇宙船を破壊すればいいだろう。孤立していれば、影響はあたえられない」

トーセンの口が半開きになった。

そんな世界で生涯を終えるつもりは、これっぽっちもなかった。そもそも、ハルト人と自分では違いすぎる結果となるのは目に見えている。自分は定命《じょうみょう》の、ひよわな存在だ。未知惑星の脅威に対抗するのは困難だろう。一方、イホ・トロトは細胞活性装置を持ち、相対的に不死になっている。あらゆる病気に抵抗力があり、負傷してもすぐに治ってしまう。危険な動物がいたとしても、分子構造を転換すれば、傷ひとつつかない。トーセンの望みは故郷惑星ジャルヴィス＝ジャルヴに帰還することだった。できればそこで、輸入管理官として、ふつうの生活を送りたい。

「それはまずいと思う」

トロトは驚いたようだった。三つの赤い目が、まるではじめて見るようにトーセンを見つめた。

「ほかにいい案があるのか？」

「知っていることをすべて、ハイパーカムでテラか《バジス》に伝えるんだ。われわれの身に起きたことを、人類に教えなくてはならない。セト＝アポフィスの精神的な力の影響をうけないよう、防護処置を講じてもらうこともできるだろう。なにか手段はあるはず。脳手術が必要かもしれないが、それで自由をとりもどせるなら、よろこんでうけるつもりだ」

脳手術という言葉に、トロトは目に見えて動揺した。そんな手段はうけいれられない。ハルト人の脳については、ほとんどなにもわかっていないのだ。

「ペリー・ローダンに報告しよう」と、ハルト人。「ハイパーカムで連絡して、知らせるべきことをすべて話すのだ。そのあとのことは、ペリーが決めるだろう」

「賛成だ」

トーセンは立ちあがり、トロトについて司令室に向かった。すでに解放された気分だった。ようやく決断したのだ。自分たちで主導権を握り、一致して超越知性体に立ち向かう、と。焦《あせ》りながらいう。

「急いだほうがいい。いつまで自由でいられるのか、わからないから」

トロトは司令室に駆けこんだが、中央で足をとめた。いきなり硬直したかのようだ。からだはやや前傾し、両腕を横にひろげている。

「そのとおりだ」と、低い声を響かせる。「セト＝アポフィスがいつ襲ってくるかわからない。ハイパーカムのスイッチをいれるんだ」

トーセンは用心してハルト人の横をすりぬけた。疑わしげにそのようすをうかがう。なにかが変化したような気がした。だが、超越知性体の精神命令ではなさそうだ。自分はまだ自由だと感じているから。

「だいじょうぶか？」と、トロトにたずねる。

「もちろんだ。そうではないように見えるか？」

トーセンは高さ一メートル半ほどの制御盤の前に立ち、とほうにくれて盤面を見つめた。ハイパーカムのあつかいは知っているはずなのに、なにをすればいいのかわからない。ハルト船の装置はまったく異質だった。装置全体が、もっと大きな手で操作するようにつくられている。かれはメイン・スイッチと思われるレバーに両手をかけた。

問いかけるようにハルト人を見る。

「手を貸してくれ。わたしには無理だ。わたしは輸入管理官で、通信士でも、宙航士でもない。マルチ映像装置のあつかいならわかるが、この通信装置は見当もつかない」

かれはだんだんと早口になった。トロトが最後まで聞いてくれないのではないか、と、不安になったから。ハルト人の三つの目は、明らかに前よりも暗くなっていた。からだはさらに前傾し、そこにはない目標に向かって、力強く跳躍しようとしているかのようだ。

トーセンは心臓の鼓動が速くなるのを感じた。

不安が押しよせてくる。ハルト人になにが起きたのか、わかったと思ったから。セト=アポフィスがもどってきたのだ。トロトの自我を掌握《しょうあく》し、はなれようとしない。ハルト人は抵抗しているのだろうが、勝算はなさそうだった。

トーセンは両手でつかんだレバーをひこうと力をこめた。同時にトロトが咆哮《ほうこう》し、まっすぐに近づいてくる。

「どけ！」ハルト人は叫んで、腕の一本をすばやくひと振りした。その手がトーセンを直撃。苦痛の悲鳴とともに、かれはビリヤード球のように司令室内を転がった。

手遅れだ、と、恐怖に満ちて思う。チャンスは失われた。

*

イホ・トロトとブルーク・トーセンのポジションから遠くはなれた銀河系外

ジョン・クロールは対戦相手のセバスチャン・ダシルヴァがボールを打つ前に、全力で側方に移動した。本能的にボールの方向を察知したのだ。

実際、ダシルヴァの打球は強烈だった。こぶし大のプラスティック球は赤い重力フィールドから、〇・一G以下のグリーンのフィールドに飛来し、急加速して、トップスピンがかかったまま、黄色のポジティヴ・フィールドにはいった。球が速すぎて、クロールには黒い影にしか見えない。だが、ヴァイオレットの重力フィールドにはいるとその速度は激減し、ボールはかれの足もとに落下した。ダシルヴァがとんでもない回転をかけていたので、ボールはほとんど垂直にはねあがる。

クロールはそのボールにラケットをたたきつけた。わずかにカーブする軌道を描くようにして、黒い肌の対戦相手の意表をつく。ボールはラインぎりぎりをかすめて低い弾道を描き、ダシルヴァが反応できないまま、コーナーにつきささった。

ロストック・スポーツ協会に所属する二百名近い男女が拍手喝采する。

クロールはほくそえんだ。

セバスチャン・ダシルヴァとは、二時間にわたり、一ポイントをめぐってやりあってきた。クロールは傲慢で気むずかしいダシルヴァが嫌いだった。だからこの勝負は、スポーツとしての勝敗より、相手の高慢の鼻をへし折ることへの期待が大きかった。あと二ポイント。二ポイントで勝利は完全なものとなる。このときをどれほど待ち焦《こ》がれたことか。ほとんど一年近くだ。

何度もダシルヴァに挑んできたが、重力テニスの王者の座はどうしても手にはいらなかった。ジョン・クロールと試合するなど自分の沽券《こけん》に関わると、はっきりいわれたこともある。だが、やっとこの点差までこぎつけた。あと二ポイント、なんとしてももとらなくては。

クロールはいつになくおちつきはらっていた。

こうした重要な試合では、いつもたいてい、神経のほうがもたなくなる。コートに立つと全身が震えだし、試合に集中できなくなるのだ。

だが、きょうはまったくそうならなかった。

第一セットは六対一でとった。第二セットはいまのところ五対二で、優位に立っている。あと三回のサーヴで、うち二本をとればいい。

試合は勝ったも同然だった。

ボール・マシンからボールを二個とり、対戦相手にちらりと目を向ける。

黒い肌の宇宙生物学者、ダシルヴァの顔色は、グレイがかっていた。敗北が迫っていることを認められないのだろう。とりわけ、多くの観衆の目前で。

「次のサーヴを開始してください」ロボット審判がクロールをうながす。

サービスラインの手前のコートから、ちいさなスイッチ盤が迫《せ》りあがってきた。髭《ひげ》をたくわえた宇宙心理学者はそれに近づき、次のサーヴのときコート上に展開される重力フィールドを設定した。この配置をつねに変化させるのが試合の要諦だ。配置を変化させ、相手の戦略の裏をかく。クロールはどの試合でも重力フィールドを使ってボールの加速を変化させ、つねに優位に立ってきた。一方、ダシルヴァはボールに多様な回転をかけ、さまざまな方向にはねかえるようにして、かれを幻惑しようとした。

スイッチ盤がコートに沈みこみ、弾力性のあるパネルが穴をふさいだ。コートが完全に平坦になる。

クロールはボールを数回軽くはずませたあと、空中に投げあげた。力いっぱいラケットを振り、両プレーヤーを隔てるネットの向こうにボールをたたきつける。

次の瞬間、観客がどよめいた。

ダシルヴァがレシーヴをミスしたのだ。

クロールに一ポイント加算。

てのひらに汗がにじみ、ラケットをしっかり握れないくらいだ。スイッチ盤がふたたびコートから迫りあがり、次のサーヴの指示をもとめた。

そのとき、赤いコンビネーション姿の若い男がコートにはいってきた。

クロールはその男にとまどいの視線を向けた。ここでじゃまがはいる理由がわからない。

あと一ポイントで、かれにとっては権威ある科学賞よりも貴重な勝利が手にはいるのだ。

「じゃまをして申しわけありませんが、すぐにラボにもどってください」と、若い男がいった。

クロールは息をのんだ。聞き間違いだと思った。この時点で試合を中断するほどの重要事など、存在するはずがない。

「冗談をいっているのか？　状況がわからないのか？」

「スポーツは二の次です。いますぐラボにもどってください。職務命令です」

「なにをばかな！」クロールは叫んだ。「だれの命令だ？　試合は最後までつづけるぞ。はっきりしているのは、きみがじゃまをしなければ、いまごろ決着がついていたということだ」

「それは知りませんでした。申しわけありません。でも、どうかすぐにきてください」

「わたしが勝つのを妨害するため、あの男にたのまれたのだろう」クロールは怒りにわれを忘れ、ダシルヴァを指さした。

若い男は驚いて、首を左右に振った。

「もちろん違います。ほんとうに申しわけありません。待ちます。試合がもう終わるところなら、決着をつけるべきでしょう。わたしのせいで、リズムが乱れていなければいいのですが」

クロールは震えはじめた。もう興奮状態を維持できない。観衆の怒りの声が、自分に向けられているように感じる。急にすべてが疑問に思えてきた。何時間もつづいた試合での優位も忘れ、最後の一ポイントをとることなど、とてもできないと思えてくる。

ネットの向こうで傲慢な笑みを浮かべたダシルヴァが、試合をつづけようと身振りでうながした。

どうしてしずかに試合をさせてくれないんだ、と、クロールは思った。どうしてじゃまをする？　ほかのだれかなら、だいじなときに妨害などはいらないのに、わたしのときだけこんなことが起きる。

「サーヴをどうぞ」と、ロボット審判。

クロールは汗が背中を流れるのを感じた。ラケットのグリップが、石鹸でも塗ったようにぬるぬるして、きちんとつかめない。

あと一ポイントとるだけだ。そう自分にいいきかせ、気分をたてなおそうとする。こっちのリードは大きい。ダシルヴァには挽回できない。

それでも動揺は大きく、かれはこの試合ではじめてダブルフォールトをしてしまった。

まだ二回のサーヴ権がある。

競技場がしずまりかえった。観衆は息をのんで、試合が決する瞬間を見守っている。

クロールはなんとかおちついて意識を集中しようとしたが、脚の震えはとまらなかった。不安がどんどん大きくなる。

全力をこめてサーヴするが、失敗。二球めもフォールトになる。

ダシルヴァがばかにするように笑った。

サーヴ権はあと一回。ここでとれなければ、デュースになってしまう。そうなったらダシルヴァは、最後の二ポイントをめぐる神経戦に耐えるだけの力が、もうクロールにのこっていないと確信するだろう。ゲーム・カウントは五対三になり、相手のサーヴで五対四にされ、次にブレークされれば五対五にならばれる。クロールは戦意の喪失を自覚していた。このポイントと次のポイントをとらないかぎり、きっとそうなる。この感覚はなじみのものだった。ネットの向こうにいる相手と対戦するときだけでなく、どんな状況下でも。

審判が試合の続行をうながす。

クロールは次の作戦をプログラミングした。今回もさまざまな重力フィールドでボールを加速し、ダシルヴァの意表をつくつもりだ。

スイッチ盤がコートの下に収納される。

競技場がしずかになった。

観衆の目がかれに注《そそ》がれる。

ダシルヴァは高速のボールに対応するため、コートのラインぎりぎりまで後退した。

こっちの作戦を読んでるんだ、と、クロールは落胆する。鋭い回転をかけて、横方向にはねかえる球のほうがよかったかもしれない。

だが、もう手遅れだ。

観衆にわかりやすいよう色分けされた重力フィールドを、すでにプログラミングしてしまった。

クロールはボールを高く投げあげ、落ちてきたところを全力でたたいた。ラケットがうなり、頭の上でボールをとらえる。だが、打点がうしろすぎて、ボールは相手のサービスラインを越えてしまった。

ダシルヴァがほくそえむ。

クロールは泣きそうだった。あまりに大きな痛手だ。だまし討ちにあった気分だった。なにごともなければ、確実に勝てていたはずなのに。

できればラケットを投げすて、棄権したいくらいだ。

だが、まだチャンスはあった。

サーヴはもう一度できる。

打球が弱ければ打ちかえされ、それに反撃できるチャンスはない。この一打に賭けるのだ。リスクを恐れず、全力で打つしかない。

ボールを高く投げあげると同時に、また最適の打点でとらえられないと感じた。ボールが前すぎる。

追いつくんだ！　頭のなかに声が響く。

だが、遅かった。肉体が本能的に反応する。ラケットを大きく後方に振りかぶり、全身の力をこめて、可能なかぎりの勢いでボールにたたきつける。

打った瞬間、熟練したプレーヤーであるかれには、ボールがネットにかかることがわかった。角度が悪すぎる。

だが、そうはならなかった。

ボールは黒い影のようにネットの上を通過した。重力フィールドに突入して急加速し、ダシルヴァの手からラケットをたたきおとしそうになる。

重荷から解放され、クロールは両手を高くつきあげた。自分の勝利が信じられない。最後の瞬間に、すべてがうまく嚙みあったのだ。

ダシルヴァが苦笑しながら、片手をさしだした。

「まぐれだな。どんなまぬけも、幸運に恵まれることはある」

クロールは相手の恥知らずな言葉に、一瞬、茫然となった。すぐにかれに背を向け、辛抱強く待っていた若者に近づく。

「シャワーを浴びたい。汗まみれなんだ」

「それはあとにして、とにかくいっしょにきてください。一刻の猶予もならないんです」

クロールは若者に拒絶の視線を向けた。かれのなかのすべてが、相手の言葉にしたがうのを拒否している。

コスミック・バザールのロストックは二百の太陽の星近傍に位置する。だが、ほかのバザールと同じ位置づけにはまだなっていない。あらたに通商・軍事拠点としていつでもすぐに使えるよう、ローダンが予備にとってあるのだ。もしかしたら、予期しない事態が生じて、ロストックが別ポジションに移動するとか？　あるいは、ケモアウクの旧《ホルドゥン＝ファルバン》が、バザールとして使われることになったのか？

そんなことはありえない、と、宇宙心理学者は思った。たとえそうだとしても、こんなふうに急《せ》かす理由にはならないはず。

「二度とこんなまねはしないでもらいたい」と、汗をふきながら若者にいう。「あとでな」

相手は目をまるくして、とまどったようにクロールを見た。

「どこに行くんです?」

「シャワーだ」と、クロール。

「だめです。グッキーと、ラス・ツバイと、フェルマー・ロイドが待っているんです」

「だったら、もうすこし待たせておけ」クロールは悠然と洗面所の更衣室にはいって服を脱ぎ、シャワーの下に立った。水音に負けないよう若者が声をはりあげても、むだだった。宇宙心理学者は汗を洗い流していて、気にもかけない。徐々に勝利のよろこびがこみあげてくると、ラボに行くことなどすっかり忘れてしまっていた。

若者はとうとうがまんできなくなり、洗面所に踏みこんだ。クロールに近づき、シャワーをとめる。

「すぐにあなたをラボに連れてこいとの命令です。必要なら、裸のままひきずっていくことも厭《いと》いません」

クロールはにやりとし、

「ほんとうにそんなに急ぐなら、グッキーが連れにくるだろう」と、いいかえす。

「ああ、そのつもりさ」かれのすぐそばから、きんきら声が響いた。

クロールは驚いてあとずさる。

イルトのグッキーが、洗面所のすぐ前に実体化していた。クロールに片手をさしのべる。

「さ、テニスの勝者。自分からついてくるか、それともぼくといっしょに、ラボにテレポーテーションするかい？　向こうにはすくなくとも二十人の女性科学者がいるぜ。裸で水を滴《したた》らせた同僚に、きっと興奮するだろうね。たったいま、テニスの試合に勝ったばっかりだって、ぼくが説明してやるよ……弾丸サーヴのおかげでね」

　宇宙心理学者はあわててからだを拭《ふ》き、マシンからとりだした新しい服に着替えた。そのあいだも、ネズミ＝ビーバーから目をはなさない。

「ひとつ質問があるんですが、グッキー」ようやく、そう声をかける。「介入したんですか？　つまり、最後のサーヴがネットをこえて、あんなスピードになるようにしたんですか？」

　グッキーは振り向いて一本牙《いっぽんきば》をむきだし、きらきらした目で科学者を見つめた。

「人間がこんなにすばやく服を着られるなんて、知らなかったな」

「介入したんですか、しなかったんですか？」

「自分に自信がないんだろ、違う？　ああいうとき、ぜったいにそうなる。どうしてなのか、知りたいもんだね」

「どういうときです？」

「そのうちわかるよ」イルトはかれの手をつかみ、ラボにテレポーテーションした。そこには二十人以上の科学者が集まっていた。

「なにが起きてるんです？」クロールが不安そうにたずねる。「どうしてだれも教えてくれないので？」

「自分の目で見ればいい」グッキーはかれをわきに押しやった。「そうすりゃ、なにが起きてるのかわかるから。ぼくらは〝これ〟といっしょに、巨大転送機でダンツィヒのコスミック・バザールからきたんだ」

「これはなに、あるいは、だれです？」と、クロール。

「タッセルビルだよ」グッキーが答えた。

2

ブルーク・トーセンは一制御盤に衝突した。肩に鋭い痛みがはしる。かれは床に転がったまま、失望にさいなまれた。

イホ・トロトはかれに目もくれない。鋼の柱のように宇宙船の自動制御装置の前に立ちふさがり、周囲のことなど見えていないようだ。

どこに向かっているのだろう、と、トーセンは自問した。ずっと銀河系辺縁部を航行し、かれの故郷惑星ジャルヴィス＝ジャルヴからは遠ざかりつづけている。知りあいのいる場所に帰れるのだろうか？　ふたたびふつうの生活が送れるのか？

自分のような人間が、セト＝アポフィスの工作員として、なんの役にたつのか？　どんな価値があるというのだ？　イホ・トロトのような存在のほうが、ずっと重要ではないか？

目的地はわかっている。

〝デポ〟だ。

超越知性体の影響をうけて以来、逆らえない力でそこにひきよせられている。だが、〝デポ〟がなんなのかはわからない。

かれは自由になると、全力で〝デポ〟に向けた航行から遠ざかろうとした。ただ、心の奥では、そこに行けば平安が得られるとわかっている。どんな平安なのかはともかく。ハルト人を刺激しないよう、ゆっくりと慎重に立ちあがる。いまは相手の圧倒的な体力に恐怖を感じていた。

トロトを始末したら、どうなるだろう？　突然、そんな考えが頭に浮かんだ。船内にわたしひとりとなったら？

そうなったら、時間をとって休息できる。ハルトの巨人を恐れる必要がなくなれば、うまくいくまでハイパーカムをいじりまわし、助けを呼ぶことができるかもしれない。

かれは主ハッチまで後退した。

トロトはまだ制御盤の前に立って、じっと操縦装置を見つめている。トーセンがいることさえ忘れているようだ。

トーセンはハッチを開き、司令室から外に出た。装甲扉が背後で閉じたのを見て、ほっと息をつく。やっとひとりに、自由になれた。ハルト人の暴力も、独房での餓死も、もう恐れる必要はない。

ステーキを食べたキャビンにもどる。食糧飲料自動供給装置は、ハルト人が最後に使った設定のままだった。トーセンがそれに気づいたのは、ボタンを押した直後のこと。出てきたのはいくつかの、黄色がかったグレイの塊りだ。見た目は棒状のダイナマイトのようだった。

トーセンは顔をしかめ、食欲をそそらない物体を次々とダストシュートに投げこんだ。だが、途中で考えなおす。

最後の一本を鼻の下に持ってくると、まったくにおいがないことに気づいた。不思議に思い、かぶりを振る。食べてみることはしないが。

トロトには味覚がないのか？　食べるとき、まるのみにしていたことからも、食事は重要ではないのかもしれない。砂だって食べるのではないか。

まともな料理をもとめてしばらく装置をいじったすえ、ついにグリルしたステーキをとりだすのに成功した。

同じことができるようプログラミングの手順を記憶してから、肉にかぶりつく。

だが、あまりうまくなかった。もともと空腹ではなかったのだ。気がつくと、トロトが口にした物質のことばかり考えている。

まるでダイナマイトのようだった。もし、この装置からほんとうに爆発物が出てきたとしたら？　トロトは知らずにのみこんでしまうだろうか？

たぶんそうする！

トーセンは飛びあがり、皿をつかんでステーキののこりをダストシュートに投げこんだ。

トロトなら、ダイナマイトでものみこむだろう。

それに点火するには？　どうすれば腹のなかで爆発させ、かれをばらばらにひきさくことができるだろう？

そうやってハルト人の暴力から自由になることを考えると、気分が高揚した。

ハルト人が死んでも、セト＝アポフィスがいつでもかれを奴隷にできるということは、考えていなかった。頭にあるのは、自分が司令室の反対側まで吹っ飛んで、あぶなく頸を折りそうになったことだけだ。痛みはまだのこっていて、かれは思わず頸を揉《も》んだ。

生きのびたければ、やるしかない。避けられないことなのだ。やらなければ、遅かれ早かれ、こっちがやられることになる。意図的か偶発的かはともかく。

もっとべつの、暴力によらない方法を考えようとは思わなかった。自分よりもハルト人のほうが、頭が切れることはわかっている。智恵で出しぬこうとしても意味はない。罠にはひっかからないだろう。暴力的な方法を選ぶしかなかった。

どうやって爆発物をつくるか考えていて、自分が食糧物質転換機のしくみをよく知らないことに気づいた。これではうまくいかない。

どこかに武器庫があるはず、と、かれは考えた。宇宙船にはロケット砲弾など、爆発物が積載されているのが一般的だ。この船も同じだろう。

いずれにしてもそのほうが、物質転換機でつくるより、多量の爆発物を確保できるにちがいない。

かれはキャビンを出て、ハルト人に対抗できる武器を探しはじめた。すぐに数基の製造装置が見つかった。そばにはスチール容器がならび、そのなかにグレイの立方体がはいっている。容器の蓋には警告表示がついていて、爆弾にまちがいなかった。各容器には見たところかんたんな計算機のような、ちいさな装置が付属している。

トーセンにはすぐに使い方がわかった。これが起爆装置だ。個々の立方体には数字が刻印してあり、その数字をプログラミングするのだろう。

トーセンは立方体をひとつとりだし、やはりなにかの製造装置が設置されている、はなれたキャビンに持っていった。起爆装置に数字を打ちこみ、キャビンを出てドアを閉め、ドアがやっと見えるあたりまで後退。

ハルト人に気づかれたら計画はおしまいだが、いちかばちか、やってみるしかない。不安を押し殺し、起爆装置の赤いボタンを押す。同時にキャビンのなかで大きな爆発が起き、ドアが吹き飛んだ。

トーセンは驚いて、あたりを見まわした。

想像以上の威力だ。

修理ロボットがすぐに駆けつけ、爆発で生じた炎を消し、被害の補修を開始する。

トーセンは爆弾を発見したキャビンにひきかえした。

やるしかない、と、自分にいいきかせる。自分の自由のためだけじゃない、人類全体のために必要なんだ。セト＝アポフィスの工作員になったイホ・トロトは危険すぎる。手遅れになる前に、阻止しなくては。

立方体の爆弾をひとつとり、起爆装置に数字を打ちこんで、食糧飲料自動供給装置のあるキャビンに急ぐ。起爆装置が正しくセットされていることを確認したあと、立方体を供給装置の取出口に置いた。

テーブルの前に腰をおろしたとき、ドアが開き、トロトがはいってきた。トーセンには気づかない。ハルト人は供給装置に近づき、取出口を開け、立方体をつかむと、そのままのみこんだ。さらにパネルを操作し、黄色がかったグレイの塊りをもうひとつとりだし、それものみこんだ。

ふたたびドアに向かい、キャビンから出ていく。

トーセンはポケットから起爆装置をとりだした。

目はハルト人の背中からはなれない。

もう充分に長く生きたろう。あんたはつねに人類の友だった。それが敵になったいま、死なくてはならない。だれだって、いつかは死ぬ。あんたもだ。それは間違ったことじゃない。わたしだって、そのときがくれば死ぬんだ。二百五十歳くらいで。あんたはすでに何千年も生きてきた。もういいだろう。

＊

「タッセルビルたちは時間転轍機《てんてつき》をつくってたのさ」グッキーが説明した。「太陽系の目と鼻の先、ヴェガ星系でね。もちろん、ほうってはおけないから、ここに連れてきて、どんな姿か見てやろうってわけ」

ネズミ＝ビーバーにしてはずいぶん長い説明のあと、かれは後退し、シートに腰をおろした。

科学者のひとり、ピーター・ケインが、ジョン・クロールに物問いたげな視線を向けた。

「勝ったのか、ジョン？」

クロールはうなずいた。

「二セット先取でな。そのタッセルビルだが、何者なんだ？」

「サウパン人だそうだ」と、ケイン。「グッキーの命名だ。だが、どんな外観なのか、なにを考えてるのかわからない。この装備は鎧《よろい》か、宇宙服のようなものらしい」

ピーター・ケインはバザール内でジョン・クロールと馬があう、数すくないひとりだった。ふたりのあいだに問題はない。ケインは宇宙医学者だった。アラスにも匹敵する腕の持ち主といわれている。年齢はやっと四十歳で、この職業としてはごく若い。南方系で、黒く表情豊かな目をして、眉は力強く、ブロンドとも褐色ともつかない、その中間のような奇妙な髪の色をしている。

「おめでとう、ジョン。ダシルヴァに勝つのは、遅すぎたくらいだ」

「どうも」

クロールはよく見ようとタッセルビルに近づいた。ケインもついてくる。

「テレパスが接触を試みたが、たいして収穫はなかった。サウパン人をテレパシーで探っても、ほとんどなにもわからない。精神放射がきわめて微弱なんだ。唯一、つねにはっきりと伝わってくるのは、陰鬱な感情だけだそうだ」

タッセルビルは身長二・二メートル、全体にまるっこく、両脚は不釣りあいに細く短い。全身は特徴的な、ソーセージ状のセグメントでおおわれていた。さまざまな色に輝く鎧全体が、このソーセージ状セグメントでできているようだ。

「このセグメントが、鎧のなかの生命体を支えているように見えるな」と、ケイン。

「当然、そうだろう。タッセルビルを。あるいは、これが生命体だということを、だれか疑っているのか？」

ケインは微笑した。

「いや、それはない。いい方が悪かった。わたしがいいたいのは、この鎧のなかには生命体がいるが、それはなんなのか、ということだ。鎧がないと立つこともできない、弱々しい存在なのか？　無数の小生命体が集まった群体なのか？」

クロールは驚いてケインを見た。

「タッセルビルが、歩く蟻塚のようなものかもしれないと思っているのか？」

「おかしいか？　推測はいろいろできる。だれがいちばん正解に近いかは、まだわからない。どんな可能性だってある」

「なるほど、そのとおりだ」

タッセルビルには頭部らしいものがなかった。まるっこいからだは上に行くほど細くなっている。そこもやはり色とりどりのソーセージ数百本が折り重なって、コンパクトな鎧を形成しているように見えた。腕と脚は二本ずつある。

いや、と、クロールは考えなおした。腕と脚のように見える部分が二本ずつあるだけで、ほんとうに腕と脚なのかどうかはわからない。たんなる付属物かもしれないし、内部は空洞で、武器かなにかがかくされているかもしれない。鎧の外観とタッセルビルの姿が似ているともかぎらなかった。

「ほかにわかっていることは？」

「タッセルビルはここにきて以来、身動きしていない」と、ピーター・ケイン。「連れてきたのはグッキーとフェルマー・ロイドとラス・ツバイだ。巨大転送機を使ってダンツィヒのコスミック・バザールからきた。そこが地球にいちばん近かったから。転送機を出てからはグッキーがここまでテレポーテーションした。以来、サウパン人はここに立ったまま、身動きひとつしていない」

「そもそも、動けるのか？」

「充分に動ける」質問を耳にしたフェルマー・ロイドが答えた。親しみの湧くふくよかな顔の、ずんぐりしたミュータントがクロールに近づく。「サウパン人は動きが緩慢で、動作もぎごちなく不器用だが、信じられないほど強靭《きょうじん》なんだ」

クロールはタッセルビルの両脚にからまった、ほとんど目に見えないエネルギー・ベルトを指さした。

「だから足かせですか」

「リスクは冒せないからな」と、テレパス。

「話はできるんですか？」

「できるが、ほとんど意味がわからない。トランスレーターが不充分な結果しか出力しなくてね。いずれにせよ、まだはじまったばかりだ。タッセルビルの言葉は短いながら声だよ。きみもすぐに聞けるだろう」

クロールは驚いた。

高性能ポジトロニクスを搭載したトランスレーターが役にたたないという例を、聞いたことがなかったから。まずどんなときでもすぐに相手の言語を習得し、まるで以前からプログラミングされていたかのように、使いこなすことができるのだ。現代のポジトロニクスは、わずかな断片からでも充分な言語情報をひきだして、異知性体との意思疎通を可能にしてくれる。そのトランスレーターが、役にたたない？

かなり考えにくい事態だった。

「では、どうするんです？　タッセルビルが同意しないなら、無理に鎧を切り開きますか？　どんな生存条件が必要なのか教えてもらえれば、その環境を用意するんですが」

「力ずくの対応は容認しない」フェルマー・ロイドは言明した。「この点はすでに決定している。タッセルビルがどんな外観をしているか、どうやって意思疎通するか、いずれ明らかになるはず。セト＝アポフィスに仕えていることはわかっているが、だから敵だということにはならないし、むげにあつかっていいわけでもない。その生命を尊重するためにも、暴力の行使は認めない」

「捕虜を殺害したり、その権利をなんらかのかたちで侵害したりするつもりはありません」クロールは強い口調でいいかえした。「その点は理解していただけますね？」

フェルマー・ロイドはなだめるように笑みを浮かべた。

「おちつけ、ジョン。きみがタッセルビルを虐待するなどとは、だれも思っていない」

「でしたら、わたしの聞き違いでしょう」クロールは唇をひきむすび、背《そびら》を返した。

どうしてフェルマーは、あんな難詰するようなことをいったんだ？　うぬぼれているのか？　自分はミュータントで、細胞活性装置保持者だから、他人の権利を侵害できると思っているのか？

「頭を冷やせ、ジョン」ピーター・ケインが小声でささやいた。「だれもがきみをなじろうとしてるわけじゃないし、フェルマーも、もちろんそうじゃない」

「これまでに、タッセルビルに対してやってみたことはなんだ？」宇宙心理学者は冷たくたずねた。友に不当な態度をとっている自覚はある。フェルマー・ロイドが気にくわないことをいったとしても、ケインがそれをどうにかできたわけではないのだから。それでも、侮辱されたという気分は消えなかった。

「まだはじめたばかりだ」ケインが親しげに答える。クロールの性格はわかっていた。拒絶的な態度をとったことを、すぐに後悔するはず。「閉じこめて、監視していた。これほど保安に気を使ったのははじめてだ」

「その必要があったのか？　相手はひとりだろう」

「セト＝アポフィスに仕える敵対種族だからな。かれのことも、超越知性体のことも、なにもわかっていない。次の瞬間にどんな行動をとるか、予想がつかない」

クロールはラボ内部を見まわした。

これまでずっと、かれの意識は捕虜に向いている。目だたない服装の多数の男女の姿は背景にひっこんで、注意をひかなかった。サウパン人には、たとえ試みたとしても、ラボから脱出できるチャンスはないだろう。

クロールは侮蔑的に唇をすぼめた。

「ほんとうにこんな環境で、以前よりもサウパン人のことがよくわかると思っているのか？　ばかげている。自分が相手の立場だったら、どう感じると思うんだ？」

フェルマー・ロイドは微笑した。

「それは違うな、ジョン。サウパン人は不安を感じてはいない。グッキーとわたしがずっと監視しているが、陰鬱さ以外の感情は伝わってこないんだ。これははじめて会ったときから、ずっと変わっていない。この感情はほかのサウパン人にも見られたものだ」

間違いを指摘されたクロールは、見くだされたと感じた。

過剰反応ではないか？　そんな思いが頭をよぎった。いったいどうしたんだ？　テニスの試合がまだ尾をひいているのか？

「わたしはどうして呼ばれたんです？　なぜあんなに性急に？」

「きみは宇宙心理学者だ。この問題を解決してくれると期待している」ケインが答えた。

「タッセルビルを見ると、スプリンガーの伝説に登場する〝跳びはねるゲイルト〟ことホコルトロプの話が思い浮かぶ」クロールが思いついたようにいった。「知っているか？」

　ケインは首を横に振った。

「残念ながら」

「難攻不落の砦に隠棲していたホコルトロプは、賢者だが、信じられないほどかぼそい声の持ち主だったという。いくら本人にその気があっても、他人と意思疎通するのは不可能で、何度か意見を表明したこともあったが、だれにも理解できなかった。あるとき、重大な危機を警告したのだが、やはりだれにも伝わらなかった。思わず息をのむ寓話だよ。ぜひ読んでみるといい」

「共通点があると思うのか？」フェルマー・ロイドがたずねた。「タッセルビルはわれわれになにかを警告したいのだが、どうやって伝えればいいのかわからない、と？」

　クロールは曖昧《あいまい》なしぐさをした。

「そういう伝説があるって話です。それ以上の意味はありません」

　かれはタッセルビルに向きなおった。

「金属学者に鎧を調べさせるべきでしょう。試料をとって、分析すればいい。サウパン人は鎧の〝なか〟にいるのではなく、われわれがいま見ている鎧そのものという可能性もあると思います」

「それは飛躍しすぎじゃないか？」と、ケイン。「鎧は金属製だぞ」

「だから？　われわれは炭素生命体で、その生命活動は炭素を基盤にしている。だったら、金属生命体の存在も充分に考えられるはずだ」

「そういう例はひとつも見つかっていないが」ラス・ツバイが指摘する。

「われわれが知っているのは、ほんのちいさな宇宙の一角だけです」クロールはこの異生命体にますます魅了されていくようだった。「故郷銀河さえ完全には探究されていないし、ほかの銀河は一時的に訪れたことがあるにすぎません。宇宙がまだどれほどの秘密をかくしているのか、見当もつきませんよ」

フェルマー・ロイドは金属学者を数人呼び、鎧から試料を採取するよう命じた。

鎧の一部が削りとられると、タッセルビルは鈍いがらがら声を発した。まったく同意できないという印象だ。

「反応があったのは一歩前進だ」ケインが満足そうにいう。「そろそろなにかいってくれていいころだから。トランスレーター用に情報が必要なんだ」

3

ブルーク・トーセンの指が赤いボタンを押しこんだ。ハルト人の体内にある爆弾を起爆するスイッチだ。

　同時にイホ・トロトが振り向いて、ジャルヴィス＝ジャルヴからきた男の手に気づいた。ハルト人の目が大きくなる。かれは瞬時に事態を見ぬき、さまざまなことがいっせいに起きた。

　トーセンがボタンを押すと、ハルト人の胃のなかの爆弾を起爆するインパルスが光速ではなたれた。同時にハルト人は肉体を構造転換し、一マイクロ秒で血と肉を超硬度の物質に変化させた。

　ただ、肉体がアルコン鋼のように硬化しても、条件が悪ければ多少のダメージは避けられない。ポジトロニクスのように正確で迅速な計画脳は必要な対応を決定し、通常脳に対して、神経系に適切な命令を出すよううながした。食道の末端が開き、トロトは大きく口を開けて、トーセンに危険がおよばないよう、横向きにからだをひねった。

爆弾が胃のなかで爆発。まっ赤な炎がハルト人の口からキャビンの反対側までのびだした。炎は食糧飲料自動供給装置を直撃し、正面パネルが火につつまれた。高熱でプラスティックが溶け、衝撃波が轟音《ごうおん》をあげてひろがり、トーセンは椅子から吹き飛ばされて床に転がった。天井からプラスティックとガラスが降りそそぐ。

恐怖と衝撃にふらつきながら、トーセンは床の上を這って逃げた。熱で髪と服が焦げる。

イホ・トロトは体内の炎がおさまるまで硬化したまま待ち、やがてゆっくりと口を閉じた。ごくりと息をのみ、しばらくして喉を押さえる。三つの目はふくれあがっていた。

「すまない、ちびさん」トロトはあえぎながら、テーブルの下で震えながら泣き声をあげているトーセンに声をかけた。「げっぷをするしかなかった」

トーセンはその場にくずおれ、意識を失った。

ハルト人はトーセンが危険な状態にあるのを見て、近くのインターカムで医療ロボットを呼んだ。マシンが到着するのをその場で待ち、トーセンを医療ステーションに運ぶよう指示する。

全自動医療装置がトーセンの服を脱がせ、火傷《やけど》を治療した。見た目ほど状態が悪くないのをトロトは見てとった。これならすぐに回復するだろう。数日は髪がない状態でがまんしてもらうしかないが。

ロボットによる治療は半時間ほどかかった。そのあとトーセンは反重力担架《たんか》で回復室に運ばれ、反重力フィールド内に浮遊した。火傷の場合、重力がかからないほうが治りが早いから。

トーセンがうめいて、目を開いた。強大なハルト人の姿がすぐそばにあるのに気づいてたじろぎ、逃げようとする。

「おちついて」トロトがいつになくおさえた声でいった。「きみを責める気はない。わたしはなんともなかった」

「すまない」トーセンは苦労して声を押しだした。

ハルト人が笑い声をあげる。

「なぜ謝る？　きみはセト＝アポフィスの工作員を始末しようとした。わたしでも同じことをしただろう」

その言葉はトーセンにとって、ハンマーで殴られたような衝撃だった。全身が震えはじめる。

「だめだ」と、震え声でいう。「そんなのはだめだ。われわれが殺しあうなんて」

ハルト人はようやく自分の言葉が暗示する意味に気づき、笑い声を響かせた。

「そうではない」声はいつもの大きさにもどっていた。「きみをどうにかしようと思って、ここにきたのではない」

「それもまた、見くびられているようではあるな」トーセンはそういったが、ハルトの巨人が自分を危険視しておらず、殺す必要はないと考えているのを知って、うれしくもあった。

「実際、この事態はなんとかしないと」と、トロト。「地球にもどることを考えたほうがいいようだ」

「それしかないだろう」トーセンはひどく弱っていて、反重力フィールド内で起きあがることもできそうになかった。なによりもほっとしたのは、トロトが超越知性体の影響を脱し、精神的に自由になっているらしいことだった。

ハルト人はドアに向かった。

「待っていろ。司令室に行って、コースを変更してくる。地球にもどろう」

その言葉が口から出たとたん、トロトは凍りついた。

トーセンが寝返りを打つ。その顔には表情がなかった。

「いや、地球にはもどらない」トロトがかすれた声で宣言する。「きみも聞こえたか？」

「命令があった。あらたな目標に向かえと」トーセンがぎくしゃくした口調でいう。一語ごとに苦労して言葉を発しているようだ。

「宇宙船を虚無に向ける」

「二百の太陽の星に接近するまで」

どちらもセト＝アポフィスの精神命令をうけ、抵抗することができなかった。イホ・トロトが目に見えない力と戦っていた時期は過ぎさった。ブルーク・トーセンと同じように敗《やぶ》れさり、支配されてしまったから。

トロトが回復室から出ていくと、トーセンも反重力フィールドを出て、あとにしたがった。まだ鎮痛剤が効いていて、火傷を負った部分の皮膚は再生促進シートにおおわれているので、回復に支障はない。ふつうなら服を着るところだが、いまは裸であることをなんとも感じなかった。

現状、セト＝アポフィスの工作員二名は、自分たちになにが起きたのかを考えもしなかった。一体となって、協力しあうだけだ。対立は排除された。セト＝アポフィスはどちらか一方だけを活性化するようなリスクは冒さなかった。

トーセンはハルト人とともに司令室に向かったが、できることはなかった。四本腕の巨人の横に立ち、かれが宇宙船のコースを変更するのを見守る。

トロトは銀河系辺縁部の境界をこえ、星のない虚空へと宇宙船を進めた。光速の数倍の速度で、セト＝アポフィスの両工作員はロストック・バザールに接近していく。

「なぜそこに行くのか、わかるか？」ハルト人が船を自動操縦にすると、トーセンがたずねた。

「見当もつかない」

「〝デポ〟は二百の太陽の星の近くではないはず」

「いまは〝デポ〟に向かいたい欲求はない。命令にしたがう。セト＝アポフィスは、われわれが目的のために、なにをすべきかを知っている」

＊

ロストック・バザールでは、ミュータントと科学者たちがタッセルビルとコミュニケーションをとろうと努力を重ねていた。

ジョン・クロールは個人的な問題を克服し、作業に集中した。自分が選抜されたのはうれしかった。タッセルビル相手の仕事は、ルーチン・ワークばかりのそれまでの日々に変化をもたらしたから。独立してひとりで仕事ができれば、もっとよかったのだが。

かれの属する科学者チームのほかのメンバーたちも、人類が数千年にわたり積みあげてきた異知性体との交渉の経験を全面的に援用していた。グッキーとフェルマー・ロイドは捕虜をテレパシーで観察し、科学者を支援した。精神的な反応から、なんらかの進歩をもたらす鍵をひきだそうとしたのだ。

だが、共同作業の成果は微々たるものだった。タッセルビルがほとんどなにもしゃべらないので、トランスレーターも充分な情報を収集できない。

「音楽を聞かせてみてはどうでしょう」と、クロールは提案した。「知ってのとおり、音楽は感情をひきたてます。タッセルビルもリラックスして、話をするかもしれません」

「いいアイデアに見えるが」と、フェルマー・ロイド。「それが結果につながるとは思えないな」

「なぜです？」クロールはむっとした。「この実験に反対する理由がありますか？」

「ない。ただ、《バジス》で起きたことを思いだしただけだ」

「わたしは知りません」

「ハルト人のイホ・トロトが《バジス》をめぐって争ったさい、セト＝アポフィスがかれを支援したのだ。音楽とガスで、乗員を狂気におちいらせた」

クロールは顔をしかめ、問いかけるようにミュータントを見た。

「だから音楽は効果がないと？　タッセルビルも同じセト＝アポフィスの工作員だからですか？」

「セト＝アポフィスは手の内を読まれるのが好きではない。だから、タッセルビルが情報を洩らさぬよう策を打つだろうと思うだけだ」

「ちょっと待ってください」クロールは驚きの声をあげた。「つまり、こんなに見張りがいるのは、タッセルビルが脱走するのを警戒しているだけではなく、暗殺される危険もあるからということですか？」

「当然だと思うが？」

「たしかに。わかりました。だとすると、人数が多いからといって安心はできません。だれがセト＝アポフィスの工作員でもおかしくないんですから」

「その可能性は排除できない。だからグッキーとわたしがいるんだ。だれかが客人を襲おうとしたら、すぐに気がつく」

「話をもどしますが」と、クロール。「サウパン人が聞いたことのないような音楽を聞かせてみるべきだと思います。ほんとうに影響がないのか、なにか反応があるのか、それでわかるでしょう」

　フェルマーにも異論はなく、クロールはロストックの放送局員を呼んで、実験の打ちあわせをした。局員はすぐにさまざまな音色とリズムの音楽を持ってきた。

「冷淡なもんだね」しばらくして、グッキーがいった。「感情にはなんの変化もないよ。相《あ》いかわらず、陰鬱なまんまさ」

「鎧がからなのか、なかになにかいるのか、はっきりさせるべきです」ピーター・ケインはそういって、何時間も身動きひとつしない鎧をこぶしでたたいた。「超音波とエックス線を使ってはどうでしょう」

この提案も議論され、一部の科学者は、鎧のなかの異生命体が傷つくことを恐れて反対した。

「決断するしかありません」と、ケイン。「リスクを完全に排除したら、なにもできなくなります。タッセルビルもわかっているはず。おとなしくしたがうかもしれません」

だが、サウパン人にその気はなさそうだった。

科学者たちのコミュニケーションの努力を無視するばかりだ。

「徐々にむずかしくなっている」と、フェルマーがいった。「最初はまだしも協力的だったが、いまはもう、奥にひっこんでいるんだ」

＊

「くじけそうだな」クロールはそういって、うわの空で料理をつついた。

正面にはジョイスリン・ケリーがすわっていた。ふくよかな若い女性で、親しみやすい褐色の目をして、いつも笑みを絶やさない。クロールは彼女を愛していて、彼女が精神科医だということも障害にはならなかった。自分のことを理解してくれ、変えようとしたり指導したりしないところが気にいっている。ただ、そのことを意識してはおらず、相手のひかえめな態度をありがたく感じているだけだが。

「タッセルビルになにをためしてみたの？」ジョイスリンがたずねた。

「思いつくことをぜんぶ。音楽のことはもう話したな。ほかにもさまざまなにおいを吹きつけたり、色と光をあててみたりした。各種の液体もかけてみたが、陰鬱な感情が強くなるだけだった。かれを理解するためのこちらの努力に、じき耐えられなくなるような気さえする」

「エックス線は？」

「こっそりやってみた」と、クロールが打ち明ける。「気づきさえしなかった。すくなくとも、両テレパスはなんの反応も感じとっていない。超音波や赤外線のほか、細胞放射や磁気や電流など、生命体に影響をあたえるものを、考えられるかぎりためしてみたんだが」

「鎧のなかになにかがいるのはたしかなの？」

「それはたしかだ。なにかがいるのはまちがいないが、それがなんだかわからない。われわれの持っている透視手段では、なにも計測できない。鎧がその種の調査から中身を守っているのかもしれない」

ジョイスリンはジュースをひと口飲んだ。

「それで？　次はどうするの？」

クロールはしばらく返事をためらったすえ、こういった。

「鎧を開いてみようと思う。まだやっていないのはそれだけだ」

する。

「その前に、サウパン人を二、三日休ませるべきね」精神科医がおだやかな口調で指摘

クロールはかぶりを振って、

「いや、ジョイスリン、時間がない。超越知性体がいつ襲ってくるかわからないんだ。いまこの瞬間にもやってきて、タッセルビルを殺してしまうかもしれない」

「どうしてそんなことをするの？」

「それはわかりきっている。われわれに自分のことを知られたくないから、口をふさぐのさ」

ジョイスリンの目つきが暗くなった。

「それはとても悲しいことだわ、ジョン。あなたはあのあわれな生命体がもうすぐ死ぬと思っていて、救えるとは思っていない」

「できるだけのことはするが、それでは充分じゃないんだ」

「鎧を開くことに、ほかの人たちも賛成してるの？」

「わからない。最初は反対するだろう。いつもわたしの提案に反対するから」

「そうやって他人を拒絶しちゃだめよ」

クロールはむっとして、皿をわきに押しやった。

「わたしの忍耐にも限度がある」と、強い口調でいう。「あとすこしで決着がつくとい

うところでテニスの試合をじゃまされて、提案を出せばことごとく反対される。わたしはおとなしくしていたいんだ。問題がなければ、関わったりしない。問題があるから、解決策をもとめている」

「それでも、全員の反対を押し切って鎧を開いたりしてはだめよ。作業のリーダーはだれ？」

「フェルマー・ロイドだ」不満そうな口調だった。

「賛成してもらえそう？」

「そうするしかないだろう」

「だったら、フェルマーと話をして。理性的な人だから、聞いてくれるはずよ。きっと説得できると思う」

「いずれわかるさ」かれは立ちあがった。近くのテーブルの科学者たちが、耳をそばだてているのに気づいたから。「もう行こう」

クロールとジョイスリンが食堂を出ると、フェルマー・ロイドが近づいてきた。精神科医はふたりが話をできるよう、別れを告げて立ちさった。

「不満らしいな」と、ミュータント。「ほかの者たちがきみに協力せず、じゃまをしていると思っている。だが、それは間違いだ。だれもきみに悪意は持っていないよ」

クロールは不機嫌にかぶりを振った。テレパスにこんなふうに話しかけられるのが気にいらない。

「保安処置について考えていました」と、話をそらす。「充分とはいえない。遅かれ早かれ、セト＝アポフィスは襲ってきて、サウパン人を殺すでしょう。だからこそ、かれを守るためにも、鎧を開けなくてはなりません。ぐずぐずしている時間はないんです。知りたいことがあるなら、もっと積極的に行動しないと」

「それはわかっている」と、フェルマー・ロイド。「だが、タッセルビルを力ずくで鎧からひっぱりだすことには賛成できない」

科学者の思考を読んで、フェルマーは顔をしかめた。同意できない、という顔でクロールを見る。

「わたしの命令を無視することも認められない」

クロールはフェルマーを見つめかえした。

「わたしの勘では、タッセルビルへの攻撃はさしせまっています。もう、あと数時間しかないでしょう」

「鎧から出したら、サウパン人は死ぬかもしれない」

「出さなくても、死ぬかもしれません」クロールはかぶりを振り、いいなおした。「いえ、いずれにせよ、数時間以内に死ぬでしょう。そう感じるんです」

「では、きみの勘では、タッセルビルを守るためになにをすればいい？」

「わたしは保安の専門家ではありません。その道にくわしい者はほかにいるでしょう。わたしにできるのは警告だけです」

「なんとかしよう」ミュータントは約束した。

「サウパン人のそばに、武器を持った者を置かないようにすべきです」クロールが提案する。「武器がなければ、撃つことはできませんから」

フェルマーは科学者チームのこれまでの働きを思いかえし、決断すべきだと考えた。かれもまた、セト＝アポフィスがなにかしてくると思っているのだ。

「あと四時間待とう。それまではコミュニケーション実験を継続する。それで結果が出なかったら、鎧を開けることにする。個人的には気にいらないが、きみのいうとおりだ。ほかに選択肢はない」

クロールはほっと息を吐きだした。

「サウパン人を鎧の外に出しても、傷つけることはないと思います。黙っているのはたぶん、鎧のなかのほうが安全に感じるのと、だれかが救出にくるのを期待しているからでしょう。酸素大気中で生きていけないなら、手遅れになる前にそう告げるはずです」

クロールはほかの科学者が集まるラボにもどった。警備員はかれを知っていたが、全身をくまなく身体検査して、武器を持っていないことを確認した。クロールは文句をいわなかった。正しいことだとわかっていたから。

だが、べつの科学者のなかには、そこまで理解をしめさない者もいた。自分たちがサウパン人を攻撃するはずがない、と、信じきっているのだ。警備員は意に介さず、一部のはげしい反発も平然とうけながしたが。

クロールはコンピュータから、自分がいないあいだに実行されたコミュニケーション実験とその結果をうけとった。状況に変化はない。

タッセルビルは黙ったままだ。

「ただちに鎧を開くべきです」フェルマーがラボに顔を出すと、クロールはそう主張した。「さもないと、これ以上進めません。時間のむだです」

だが、ミュータントは自分の決めた時間に固執《こしゅう》した。

「四時間は待つ」と、断言。

かれはふたたび、きらめく鎧のなかの存在に意識を集中した。陰鬱な感情ははっきりと感じられるが、それ以外はごく弱く、テレパスにはほとんど感じとれなかった。

科学者たちはすでにさんざん議論した、タッセルビルの外観について話しあっていた。数人が、本体は鎧のなかにいるのではなく、鎧そのものではないかという不安を口にする。

「海綿みたいに多孔質なのかもしれないわ」若い女科学者がいった。「あるいは、スイス・チーズか。空洞だらけで、それが水路になっていて、タッセルビルは鎧のなかにいると同時に、鎧と一体化しているのかも」

「ゼラチン状生命体ということは？」と、フェルマー・ロイド。

「そう考えれば、これまでの方法で探りだせなかった説明がつきます」クロールが答える。

フェルマー・ロイドは議論を打ち切った。

「わたしが知りたいのは明確な答えだ。タッセルビルがこんな姿かもしれないという推測ではなく、実際にどんな姿をしているか、どうすれば意思疎通が可能かを知りたい」

とくに進展がないまま、四時間が経過した。すべての試みは不発に終わった。

「いいだろう」フェルマー・ロイドが見るからに心苦しげにいった。「鎧を開いてみよう」

4

ハルト船がハイパー空間をあとにしたのは、ポスビの中央世界から五光年ほどはなれた宇宙空間だった。

イホ・トロトは探知スクリーンを指さした。二百の太陽の星と、いまはまだ通商機能をはたしていないコスミック・バザール、ロストックがうつっている。

「ついたぞ」と、トロト。

「まだだ」ブルーク・トーセンは驚いていいかえした。「どうしてここで停止する？」

ハルト人は振り向いて、自分の右手をつかんだ。そこに薄手の黒い手袋がはまっていることに気づき、トーセンは驚いた。まるで第二の皮膚のように片手をつつんでいる。

トーセンがそれまで見たおぼえのないものだった。

「それはなんだ？」

「この手袋は自力で飛ぶのだ。いまにわかる」

トーセンは耳を疑った。ハルト人がまたおかしくなったのかと思い、ぞっとする。

われわれも宇宙船から出るべきだろうか？　あの手袋だけで、なにかの役にたつとは思えない。まったくばかげている。

そのとき、手袋がハルト人の手をはなれ、幻の手に運ばれるように司令室を横切った。トロトがハッチを開けると、謎めいた物体は司令室から滑りでていった。

トーセンはハルト人を完全に誤解していたことを悟った。ほんとうにその言葉どおり、手袋が自力で宙を飛んでいる。

唖然として頭に手をやり、手袋を追っていった四本腕の巨人のあとにしたがう。

手袋が空を飛ぶなんて、思いつくわけがない！

「夢でも見ているのか？　どうしてそれのことを教えてくれなかった？」

「必要なかった」

手袋が速度をあげる。トーセンはついていこうとしたが、トロトは足どりを速めなかった。

どこに行くかわかっているのだ、と、トーセンは思った。かれにはまったく見当がつかない。自分がセト＝アポフィスの支配下にあると感じていたトーセンは、手袋のことをまったく知らされなかったのを不思議に思った。それはもう見えなくなっている。やがて船の外周エアロックの内扉の前に浮かんでいる手袋が、ふたたび見えてきた。目の高さに浮遊して、黒い指が内扉をしめしている。そこを通過したがっているのだろうか。

片手に手袋をはめただけの透明人間が立っているようだ。

トロトがボタンを押すと内扉がスライドして開き、手袋はエアロック内に滑りこんだ。

「外に出たがっているんだろうか？」トーセンは頭を掻いた。「わけがわからん」

「わかる必要もない」

ハルト人はハッチを閉じ、数秒間だけ外扉を開いた。ふたたび内扉を開くと、手袋はなくなっていた。

「やっとわかった」と、トーセン。「あの手袋は、単独行動に飛びたったわけだ」

「ロストック・バザールに向かった」

「不可能だ。まだ四光年以上はなれている」

「不可能？　超越知性体に不可能があるとでも？」ハルト人は踵《きびす》を返し、司令室にもどっていった。トーセンもあとを追う。

「あの手袋に超光速飛行が可能だというのか？」

「まちがいない」黒い肌の巨人が轟《とどろ》くような声で答える。

「理解できない。わけがわからんよ。あんなちいさな手袋のなかに、どうやってエンジンを組みこむんだ？」

「わたしもわからない、ちびさん。だが、宇宙にはわれわれのかぎられた理解のおよばない、さまざまなことがある」

ハルト人にとって、この話はここまでらしかった。司令室につくと船長席にすわり、目を閉じる。トーセンがそばにいることさえ忘れてしまったようだ。

トーセンは探知スクリーンに目を向けた。そこには二百の太陽の星と、もとは強者ケモアウクのものだった巨大な播種船がうつっている。

手袋は探知できるはず、と、かれは思った。すくなくとも、飛びさっていくのが見えてもいい。だが、そうだろうか？　なぜか、まだ近くにいるような気がする。

「あの手袋はなんなのだ？　どうしてバザールに？」

トロトは答えなかった。

＊

ジョイスリン・ケリーは通廊の曲がり角で足をとめ、自分で書いたメモに目を落とした。バザールのこの区画の一キャビンに、彼女が担当者に指名された患者がいるはず。数字と文字を組みあわせた表示とメモを見くらべ、ため息をつく。どうやら巨大船内で場所を間違えたようだ。

ひきかえそうとしたとき、突然、警報が鳴りはじめた。牽引フィールドが彼女をとらえ、そっと通廊のわきに押しやる。いままで立っていた場所に、壁のなかから遮断扉があらわれた。通廊が密閉され、壁ぎわの格納容器が開いて、宇宙服がとりだせるようになる。

精神科医はすぐに訓練を思いだした。防護服を着用し、たたまれたヘルメットを頭にかぶせる。ヘルメットはすぐに球形になった。

そのあとようやく、なにがあったのかを考えた。

どこかで空気漏れが発生したのだろう。宇宙塵《うちゆうじん》が船の外殻を貫通したのかもしれない。

宇宙服姿の男がふたり、ジョイスリンに近づいてきた。

「問題はないか？」と、片方がたずねる。黒髪の髭面で、心配そうに彼女を見ている。

「ええ、なんともないわ」名札を見ると、黒髪の男はバウアーというらしい。同行者は小柄で気さくそうなアジア人だ。その宇宙服には名札がなかった。

「外に出ているか？」と、バウアー。「それとも、ここで待つかい？　いったん空気をぬいて、向こうのハッチを開け、点検しなくちゃならないんだ」

「ここにいるわ。わたしも原因に興味があるから」

アジア人がテレカムで、空気をぬくよう指示する。しばらくすると、ハッチが横に開いた。

ふたりといっしょに、ジョイスリンも通廊を歩きだす。

「左側が外壁だ」バウアーが説明した。「キャビンをぜんぶ調べる。どこかで空気が漏れているはず」

精神科医は点検作業を手伝った。収納スペースのドア四つを次々と開けていき、外壁に穴があいているのを発見。人間のこぶしがふたつはいるくらいの大きさだ。

「あったわ」と、彼女は叫んだ。

穴はコンパスで描いたような円形だった。

「きれいに切りとられてるぞ、タオ」

バウアーは穴の縁を指でなぞった。じつに滑らかだ。アジア人は床からまるく切りとられた板をひろいあげた。

「だれかが分子破壊銃を使ったようだな」

「だれがそんなことを？」と、精神科医。「ありえないわ。空気はすさまじい勢いで噴出する。だれかがここで壁に穴をあけたなら、わたしがその姿を見てるはず。だけど、だれにも会わなかったわ」

「外から穴をあけたのかもしれない」と、タオ。

「いたずらでか？」バウアーはかぶりを振った。「宇宙空間で仕事していて、そんなことをするやつはいない」

「でも、実際に穴があるんだから、報告しないと」と、ジョイスリン。

「たしかに」バウアーは顔をしかめた。「こんなことをするなんて、わたしには信じられない。犯人は頭がおかしい」

「攻撃をうけたとは考えられない？」と、ジョイスリン。

男ふたりは顔を見あわせ、笑い声をあげた。

「それはぜったいにない」バウアーがなだめるように答えた。「あんなちいさな穴から、だれがはいってこられるっていうんだ？」

「シガ星人なら、大きな入口は必要ないわ」

ふたりは笑みを見せただけだった。タオが切りとられた板を穴に押しあて、バウアーが隙間に接着剤を流しこむ。接着剤はすぐに硬化した。もうジョイスリンは目にはいっていないようだ。彼女は犯人と動機を推測してもむだだと悟り、その場をはなれた。

だが、数歩進んで足をとめる。

セト＝アポフィス！　その名が頭にひらめいたのだ。あれは超越知性体のしわざかもしれない。タッセルビルを探しだし、暗殺するため、なにかを送りこんだのではないか。

＊

「どうやって鎧を開けばいい？」フェルマー・ロイドがたずねた。

すると突然、グッキーがそのすぐ近くに出現した。

「かんたんさ。ぼくがテレキネシスで開けるよ」

「やってみてくれ」と、テレパス。

グッキーは数時間前から身動きひとつしない鎧に目を向けた。

「どっから開ければいいと思う？　上かな？　たぶん蓋みたいな部分があると思うんだけど」

グッキーが超能力を使うと、鎧はぎしぎしときしんだが、開くことはなかった。

「どうやら蓋にはなってないみたいだね」ネズミ＝ビーバーが不満そうにいう。「分子破壊銃を使ったほうがいいかもしんない」

「待ってください」ジョン・クロールが口をはさんだ。「グッキー、テレキネシスで探って、鎧のなかになにがあるかわかりませんか？」

「うん、やってみたけど、内部が空っぽだってことしかわかんなかった。そんでも、なにかがいるんだ」

その謎めいた言葉から、科学者が導きだせることはとくになかった。鎧のなかにはなにかがいるものの、そのなにかは把握できないらしい。

「ガス状生命体ではないでしょうか」一科学者が推測を述べる。「われわれには未知の生命形態ですが」

「いずれにせよ、鎧は開けます」クロールはそういって、分子破壊銃を手にとった。

「わたしがやりましょう」

反対する者はいなかったので、かれは分子破壊銃のスイッチをいれ、プロジェクターを鎧に向けた。周囲を一周し、全体の半分ほどの高さで切断する。

グッキーが切断された上半分をテレキネシスで持ちあげると、鎧は急にぐったりと床に転がった。力もエネルギーもぬけてしまっている。

「なにか見えました」と、クロールが叫んだ。「なにか黒いものが鎧から出て、すばやく飛びさっていきました。細かいところは見えませんでしたが」

「黒い影のようだった」フェルマー・ロイドも同意する。「わたしも気づいた。あっという間に見えなくなった」

「ぼくが感じてた、陰鬱な感覚もなくなったね」と、イルト。「すっかり消えちゃったよ」

「だが、まだラボにいるはずです」クロールがいう。「外には出られません。ドアが閉まっていますから」

「残念ながら、外に出ていったみたい」ちょうどはいってきたジョイスリン・ケリーが、申しわけなさそうに、クロールに目を向ける。「わたしがドアをあけたとたん、なにかが横をかすめていったの。黒いものが見えて、空気が動くのを感じたわ」

「サウパン人は鎧から脱出し、その正体は不明のままか」と、フェルマー・ロイド。

「捕まえないと」

グッキーのほうを見る。イルトはすぐに片手をのばし、いっしょにテレポーテーションした。播種船のもと司令室に実体化する。そこからならコスミック・バザールを監視し、操作することもできるから。

よく使い方のわからない装置の前にすわっているのは、若い女がふたりだけだった。

「巨大転送機を停止しろ。すぐにだ」フェルマー・ロイドが指示する。

ふたりはなにも訊かずに指示を実行し、数秒後、アイコンが暗くなり、巨大転送機が停止したことがわかった。

「全ハッチを閉鎖。すべての船のスタートは禁止する」フェルマーは指示をつづけた。

「だれもロストックをはなれてはならない」

背後で物音がして、ペリー・ローダンが無間隔移動でコスミック・バザールに到着したのがわかった。これで多少は責任の重みが軽減される。

ローダンはライレの〝目〟をベルトのケースにもどした。

「なにがあった？」

フェルマー・ロイドが経緯を簡潔に報告する。

タッセルビルは重要な情報を握っている可能性があった。ローダンは捕虜にした異人からの情報で事態が進展することを望んでいたのだ。だが、失敗に対する失望をおもてには出さず、事情を理解すると、

「異人をバザールから外に出してはならない」と、いった。

「わかっています」と、フェルマー。「ただ、ふたたび捕獲するにはどうすればいいのかがわかりません。意思疎通を試みたものの、反応はありませんでした。ほとんど糸口さえないんです。どうやって罠に誘いこむのか、どうすれば話ができるのか、なにが望みなのか？　なにもかも未解決で、いまのところ、なんの手がかりもありません」

「鎧を見てみたい」と、ローダンがいった。

タッセルビルを発見するのがむずかしいことはわかっていた。強者ケモアウクのかつての播種船は巨大で、かくれ場は無数にある。バザール内には五千名をこえる者たちが起居しているが、使っているのはごく一部だけだった。まだだれも足を踏みいれていない場所も多い。タッセルビルは確固とした実体のない、影のような存在らしかった。物質としての肉体を持たない生命体かもしれない。そんなものが、コスミック・バザールのような人工的な場所に身をかくしたのだ。自発的に出てこないかぎり、発見は不可能だろう。

ローダンはフェルマーやグッキーや科学者たちを責めなかった。かれらはできるかぎりの防護処置をとっていたが、それでもタッセルビルは脱走した。鎧を開いたのは、万策つきたすえの最終手段だった。

ローダンとフェルマーがラボにつくと、科学者たちが鎧を調べていた。鎧はもうくしゃくしゃで、床に脱ぎすてられた古着のようだ。

ローダンはラボにいた男女に挨拶し、当面はタッセルビルの捜索に集中するよう指示した。

「鎧は逃げたりしないし、サウパン人がもどってくるとも考えにくい。どうすればタッセルビルを捕獲できるか、なにか提案はないか？」

フェルマー・ロイドは科学者たちに、隣室にうつるよう要請した。そこには全員ぶんの椅子が用意してあった。鎧のそばにのこったのはふたりだけだ。

「報告したいことがあります」科学者たちが席につくと、ジョイスリン・ケリーがローダンにいった。「わたしはこのチームにははいっていませんが、気になることを目撃したものですから」

彼女は急激な与圧の低下と、船の外壁にあけられたまるい穴のことを話した。

「なんでもないことにも思えますが、タッセルビルが脱走したことに関係があるかもしれません。たとえば、セト＝アポフィスがシガ星人を工作員にして、働かせている可能性もあります」

「たしかにそのとおりだ」と、ローダン。

「タッセルビルはなんらかの能力で、その工作員がバザールに侵入したことに気づいたのではないでしょうか」

「襲撃される恐怖から、脱走したということか」と、フェルマー・ロイド。「考えられないことではないな」

「デスター・グリーンを使って、分子破壊銃が使われたかどうか、ただちに調査するのだ」と、ローダンが指示。

ジョン・クロールは立ちあがった。

「わたしがやりましょう。外壁の穴の位置はジョイスリンに教えてもらいます」

ふたりが司令センターから出ていこうとしたとき、ラボにのこっていた科学者ふたりが駆けこんできた。

「鎧が破壊されました！」と、声をそろえて報告。どちらもすっかりとりみだしている。

ローダン、グッキー、フェルマーがラボに向かうと、ふたりは急いで道をあけた。

ラボの床には鎧の残骸が散乱していた。高さ二メートルほどの、さまざまな色にきらめいていた物体は、いまやわずかな灰にすぎない。

「どうしてこんなことになった？」ローダンが失望してたずね、フェルマー・ロイドに目を向けた。フェルマーはすぐに気づき、ほとんどわからないくらいちいさく、首を横に振った。ローダンはそれを見て、あとにのこったふたりの責任ではなく、鎧が自己破壊したわけでもないことを悟った。

「なにがあったの？　説明して」若い女科学者のひとりがたずねる。

「そこにある測定装置を点検していたのだ」答えたのは赤ら顔の、髪が薄くなりかけた科学者だった。口もとには高慢な笑みが浮かんでいる。最初のショックはもう克服したらしい。鎧が失われたことも、たいして重要視していないようだ。

「音はなにも聞こえなかった」もうひとりの、細身で知性的な風貌の男がいった。「まだ三十歳にもならないだろう。「急に刺激臭を感じて、振り向くと鎧が燃えつきるところだった」

「なにか黒いものが見えたな。わたしは赤とグリーンのエネルギー・ビームに気づいた。針のように細いんだ。そのあとすぐ……」科学者は言葉を切った。笑みが大きくなる。かれは困ったように両手をあげ、目にしたものが自分でも信じられないという思いを表現した。「うん、つまり、その黒いものなんだが、なんというか、大きな手袋みたいに見えたんだ」

「手袋？」ローダンはその科学者に問うような視線を向けた。「たしかなのか？」

「いいえ。確信はありません。鎧の最後の一片が燃えつきるとき、ほんの一瞬、ちらっと見えただけなんです。そのあとは消えてしまい、どこに行ったのかわかりません」

「テレポーテーションしたのかもしんないって考えてんだろ」と、グッキー。「でも、やっぱり確信はない」

「ええ、ありません。テレポーテーションしたとも思ってはいませんが」

「ええ、たぶん違うでしょう」と、細身の男。「なにかぼんやりしたものが、電光のようにラボを横切ったのをおぼえています。まるで銃弾のように、あっちに飛んでいきました」

かれが指さしたのは、一枚のドアのそばにならんだ作業台のほうだった。

「作業台のかげになにかがいるかもしれないと思い、探してみましたが、なにも見つかりませんでした」

「これで手がかりはなにもなくなった」フェルマー・ロイドが失望した口調で指摘する。「タッセルビルは姿を消し、鎧は灰になってしまったから」

「サウパン人を探す」と、ローダン。「まず、タッセルビルからつねに感じていた陰鬱な気分を、きみたちテレパスがまだ感じられるかどうか知りたい」

「それにはしっかり集中しないとね」イルトが応じる。「しばらく考えるのをやめて、しずかにしててくんないかな」

グッキーはフェルマーを連れて消え失せた。両ミュータントはキャビンにこもり、じゃまがはいらないようにするつもりだろう。タッセルビルをテレパシーで捜索するのは、かんたんなことではないはず。もと播種船には五千名が乗っているのだ。そのなかには気分が落ちこんで、サウパン人の陰鬱な感情と似たものを放射している者も多いにちがいない。

5

半時間後、ペリー・ローダンはコスミック・バザールの司令センターからラボにもどってきた。状況はなにも変わっていない。タッセルビルは依然、行方不明のままだった。フェルマー・ロイドとグッキーも、ローダンのすぐあとに姿をあらわした。ラボの一作業台の上に実体化したのだ。

「フェルマーには見つけらんなかった」と、イルト。「サウパン人のシュプールはなかったってさ」

「フェルマーには？」ローダンがいう。「きみは探さなかったのか？」

「ここは悲しい人間だらけでさ」グッキーが答える。なんの苦労もなかったようないい方だが、ローダンにはかれが全力で任務にあたったことがわかっていた。

ジョン・クロールに向きなおる。科学者はラボの作業台のひとつによりかかり、ネズミ＝ビーバーとフェルマー・ロイドが床におりるのを待っていた。だが、グッキーにその気はなさそうだ。

「燃えつきた鎧の灰を調べて、なにかわかったか？」

「残念ながら。鎧がどんな材質でできていたのかも判明しませんでした。あれを破壊したものは、徹底的な仕事をしていったわけです」

クロールは〝手袋〟という単語を口にしなかった。それは理解できる。ローダン自身、
鎧が破壊されるのを目撃した両科学者が幻覚を見たのだろうと思っていたから。

「わたしはタッセルビルになにか起きると警告しましたが、だれも耳を貸しませんでした。いま感じるのは、脅威はまだ過ぎさっていないということです」

「細かいことに文句をいうのはやめなって」グッキーのきんきら声が響いた。「ぼくがどこに能力を使ってると思うのさ？」

「文句をいっているわけではありません」クロールの顔から血の気《け》がひいた。「ただ、もっと系統だてて考え、タッセルビルの足どりを追うべきだと思うんです」

「どうすればいいと思う？」と、ローダン。これまでさんざん考えたのだ、という思いは、おもてに出さない。

「サウパン人はまちがいなく、ここから出ようとするはず」クロールが断言する。「可能性はふたつあります。ひとつは巨大転送機ですが、これはすでに停止していますから、利用できる手段はひとつです。搭載艇を使って脱出しようとするでしょう」

「全ハッチを閉鎖しただろ、ジョニー」と、イルトが指摘。「忘れちゃったのかい？」

「もちろんおぼえていますが、それで脱出が不可能になったわけではありません。搭載艇に忍びこんで支配下におけば、砲撃でハッチを破壊し、脱出することもできるでしょう。それだけの能力は、まず確実に持っていると思います。一搭載艇の全乗員を圧倒することもできるはず。格納庫には搭載艇が多数存在します。よりどりみどりですよ」

「そんなことをすれば追跡され、撃墜されることもわかっているだろう」と、フェルマー・ロイド。

「そのとおりです。そのため、船載兵器に細工して、脱出予定の宙域への攻撃ができないようにしておくでしょう。必要なのはポジトロニクスを操作する能力だけです。ほんとうにガス状生命体、あるいはエネルギー生物だとするなら、どこにでもはいりこめることになります。鍵穴だって通りぬけられるわけですから」

クロールは不安そうに周囲を見まわした。どれだけ説得力のある話ができたか、自信がないらしい。

「徹底的にやられたら、ロストックにとって致命的な危険になるかもしれません。反応炉に手出しされて、爆発でも起こされたら、われわれはおしまいです」

「向こうも道連れだ」と、フェルマー。

「気にもしないでしょう」クロールがいいかえす。

「そこまでだ」ローダンが声をかけた。クロールに最後まで話をさせるため、ずっと口出しをひかえていたのだ。「われわれはタッセルビルのことをほとんど知らず、そんな能力があるのかどうかもわからない。高度な知性を持つ、攻撃的な生命体と決めつけているが、そうとはかぎらないのだ。わたしには、タッセルビルに一貫した論理的思考ができるとは思えない。とはいえ、適切な保安処置を講じるのは、悪いことではないだろう」

「サウパン人は知性体です」クロールは反論した。「宙航士だということを忘れないでください。グッキーが異宇宙船のなかから連れてきたんです。ほかのサウパン人とともに、時間転轍機を建造したのもタッセルビルで、そんなことができるのは高度な知性体だけです」

突然、グッキーが作業台の上から口をはさんだ。

「司令センターに行かないと」そういって、ローダンとフェルマーの手を握る。「ポジトロニクスになんか起きてるみたいだ」

「そんなことだと思いました」と、クロール。「だれもわたしの言葉に耳を貸さない。わたしの考えでは、この相手は高い知性を持つ、きわめて危険な生命体です」

グッキーたちが司令センターにテレポーテーションすると、数人の男女がなすすべもなく、ポジトロニクスの前に立ちつくしていた。

「プログラミングが削除されたんだ」と、グッキー。

「タッセルビルがここにいる」フェルマー・ロイドがコンピュータに近づきながらいった。「存在を感じる。ここに忍びこんで、マイクロモジュールを操作したのだろう」

ロータンはロストック・バザールの指揮官、カルシュ・フォゴンに目を向けた。探知スタンドのそばのシートに腰をおろしている。知性的な風貌のアコン人で、一見するとさほど重要な地位にあるようには見えない。フォゴンはミュータントの言葉を耳にして、あわてて背筋をのばした。

「サウパン人がポジトロニクスのなかにはいりこんだのなら、追いだしていただきたい」と、鋭い口調でいう。かれはもと播種船のすべての技術装置に責任を負う立場だ。

「なにもせずにいるうちに、どれほどの損害が出ると思います？」

「なにもせずにっていうのは、いいすぎだぜ」イルトが反論した。「ずっと追いたてようとしてるけど、うまくいかないんだよ。わけがわかんない」

「いなくなった」フェルマーは残念そうにかぶりを振った。「下方に遠ざかっていったようだ。ただ、うまくやったのに、幸せそうではない。陰鬱な感覚はずっとつづいている」

「追跡できないのか？」と、ローダン。

「やってみるよ」

グッキーの姿が消えた。

グッキーは司令センターから数階層下の一キャビンに実体化。そこには反応炉で必要な部品を製造する工作マシンが設置されている。その上に、タッセルビルが浮遊していた。

イルトは驚いて異生命体を見つめた。照明が薄暗いので、見定めるのは困難だ。タッセルビルはたいらなガーゼに結び目を数カ所つくったような形状だった。クラゲのように空中を移動し、細い偽足をのばして工作マシンにしがみついている。

グッキーにはそんな生命体が単独で行動できることが驚きだった。特殊な知性を有しているのは疑いないだろうが、高度な知性体とはとても思えない。

タッセルビルはイルトに気づいたらしく、全身を震わせながら後退し、マシンの表面に貼りついた。

「おちつけよ。だれもきみの命までとろうなんて思ってないから」

換気口から脱出されないよう、テレキネシスで慎重にサウパン人をつかもうとする。タッセルビルは暴《あば》れだし、マシンのあいだに飛びこんで、グッキーの目を逃れた。そのあと急に飛びあがり、換気口に逃げこもうとする。そのさい、からだをチューブ状に変形させていた。グッキーは反応したが、まにあわない。テレキネシスでサウパン人をとらえようとしたときには、もう逃げられていた。テレパシーで陰鬱な感情を追跡しようとしたが、うまくいかない。タッセルビルは思考と感情を完全に隠蔽《いんぺい》し、グッキーから逃げきった。

　グッキーは悄然《しょうぜん》と司令センターにもどった。異生命体を捕まえるチャンスはあったが、結局は逃げられた、と、報告する。

「妙だな」ローダンがいった。

「なにが妙なのさ？　あの結び目のあるグレイの雑巾《ぞうきん》が、ぼくよりすばやいってことが？」

「いや、あの生命体のことだ。タッセルビルがセト＝アポフィスに課せられた任務をはたせるほど知性が高いとは、どうしても思えない。あんな生命体に、どうして宇宙船が操縦できる？　そのために必要な資質をすべて欠いていると思えるのだが」

「タッセルビルを鎧から出すとき、ミスをおかしたのかもしれません」フェルマー・ロイドが考えながらいった。「われわれ、ふたつを独立したものと考えてきました。一方に鎧があり、もう一方に、その鎧に守られた知性体がいる、と」

「そうじゃなかったっていうの？」と、グッキー。

「ああ。サウパン人と鎧は、不可分の一体をなしていたんだと思う。一種の共生関係といってもいい。自然と技術の、生命体と人工物の共生だ」

「卓見だな」ローダンが賞讃する。「フェルマーのいうとおりだと思う。いま相手にしているのは、まったく未知の生命体だ。どうして生じたのかということは、このさいどうでもいい」

それまで無言だったアコン人指揮官、カルシュ・フォゴンが立ちあがった。その眉間には深い縦じわが刻まれていた。

「その生命体が中央ポジトロニクスに侵入し、とてつもない被害をひきおこしていることを忘れないでください」と、鼻にかかった声で指摘する。「そんなことができるのは、高度な知性体だけでしょう」

「わたしはそうは思わない」ローダンが反論した。「鎧を開いたとき、タッセルビルがパニックにおちいって逃げだし、バザール内で迷子になった可能性は高い。その後たまたま司令センターに迷いこみ、ポジトロニクスのなかに身をかくして、誤作動をひきおこしたのだろう。目的を持って行動しているとは思えない」

ローダンはジョン・クロールの主張を思いかえした。かれの警告によれば、タッセルビルは論理的に段階を踏んで行動しており、次はポジトロニクスを停止させ、搭載艇を奪って脱出するはずだという。それはない、と、ローダンは確信していた。サウパン人のような生命体に、そんな行動は不可能だ。タッセルビルには明らかに知性があるし、高度な知性を感じさせる行動もしているが、それは鎧があってのことだった。あの特異な生命体の能力を過小評価したくはないが、そこに高度な知性を認めるのは、これまでに出会った宇宙の知性体に関する知識から見ても、ありえないことだ。

「今後一時間で、サウパン人の真の力がわかるでしょう」と、指揮官。「そのとき後悔することがなければいいのですが」

「〝タッシー〟にたいした知性がないってことになったら、そいつに逃げられたぼくの立場がないじゃないか」グッキーが不機嫌そうにいう。「フェルマー、手を貸してよ。追いかけて、通風口から追いだすんだ」

「もう一度やってみてくれ」と、ローダン。「バザール内で迷子になり、パニックを起こしかけている生命体は、われわれが思う以上に危険なものになりかねない」

「じゃ、ぼくらは消えるぜ」イルトはそういうと、フェルマーに片手をさしだした。

*

グッキーとフェルマーは一時間以上にわたってサウパン人を探しつづけたが、発見にはいたらなかった。無数の階層がある直径千百二十六キロメートルのコスミック・バザールから、すでに脱出してしまったのかもしれない。特徴的な陰鬱な感情も、もと播種船に満ちる感情の海のなかにまぎれてしまい、とても識別できそうにない。

だが、突然フェルマーが典型的なタッセルビルの感情をとらえ、直後にグッキーもその居場所を感じとった。無言でフェルマーの手をつかみ、テレポーテーションする。出現したのは、人々が忙しく活動している一通廊だった。多数の男女が、宇宙交易に必要なポジトロニクスの設定にかかりきりになっている。かれらは驚いた顔で両ミュータントを見つめた。

「どうかしましたか？」ひとりの女がたずねたが、両ミュータントは無言だった。数秒後、ふたたび非実体化する。

次に出現したのは巨大なホールで、未開拓惑星に入植地を建設するのに使われるような重機がならんでいた。それを使えば砂と石から家を建てるための建材が製造でき、インフラまで整備された町をまるごと建設することもできる。

ホールの天井照明は一部しか点灯していなかった。光量は不充分で、あたりのようすはよく見えない。

「どこに行った？　なにか感じる？」と、イルト。

フェルマーは片手をのばした。

「あそこの、ミキサーのかげだと思う」

ネズミ＝ビーバーはあたりを見まわした。照明のスイッチを探したのだが、そのために気が散って、タッセルビルの感情を見失いそうになる。集中していないと、また逃げられてしまうだろう。二度と失敗はできない。グッキーは照明をあきらめ、全神経をサウパン人に向けた。

向こうはすでにグッキーたちの存在に気づいていた。陰鬱な感情が強まり、ネズミ＝

ビーバーはタッセルビルの正確な位置を推測できた。

「見つけたぜ」と、ささやく。思考インパルスひとつで、フェルマーに情報は伝わるのだが。「岩石粉砕機のそばだ。行こう」

テレキネシスで自分のからだを持ちあげ、サウパン人のかくれ場に向かって浮遊する。こんどこそ逃がすつもりはなかった。テレキネシスで捕まえて、ぜったいにはなすもんか。逆らうようなら、あのハンカチを固結びにしてやる。

タッセルビルを固結びにするという考えに、本人もおもしろがってちいさく笑い声を漏らした。

〈グッキー！〉鋭いテレパシー・インパルスがとどく。

〈わかってるよ。そんなことしないって〉

床のほうに降下すると、フェルマー・ロイドが近づいてきた。タッセルビルの姿がはっきりと見える。偽足で大型マシンの側面に貼りつき、布のようなからだをかすかに震わせている。

突然、サウパン人の近くに閃光がはしった。

針のように細い、まばゆいエネルギー・ビームがホールの反対側から発射され、謎めいた生命体の、ガーゼに似たからだを貫いたのだ。マシンの金属外被に、高温の赤い光点が出現した。

　タッセルビルは黒い影のように飛びのいて、べつのマシンのあいだに姿を消した。どうやら傷は浅いらしい。

　振り向いたグッキーは、闇よりも黒いなにかに目をとめた。

〈手じゃないか！　ロボットの手だけが見えてる。あいつが撃ったんだ〉

　グッキーは瞬時に反応した。テレキネシスでその黒いなにかをつかみ、ひっぱりだそうとする。

　次の瞬間、かれはなすすべもなく空中に投げだされた。黒い物体が信じられない速度で逃げだしたのだ。急にすさまじい速度でまわりはじめた回転木馬から、投げだされた気分だった。

　生きた弾丸のように壁に激突しなかったのは、反射神経と超能力のおかげだ。テレキネシスで壁を押しかえし、それでも充分に減速できないと感じて、瞬時にテレポーテーション。一通廊に実体化し、ようやく勢いが弱まる。グッキーは床におりたち、安堵のため息をついた。

　そこにいてもしかたないので、すぐにあらためてホールにジャンプする。

〈心配したぞ、ちび。心底ぞっとさせられた。なにがあったんだ？〉

　ネズミ＝ビーバーはテレパシーで事情を説明し、声に出してこういった。

「テレキネシスで捕まえたけど、振りはらわれちゃったんだ」

「いったいなんだったんだ？　ロボットの手ではないんだろう？」

「例の不気味な手袋かな？」

「冗談ごとじゃないぞ、ちび」

「わかんないんだよ。手に見えたけど、からだのない手だけが撃ってくるなんて、ありえないだろ」

「たぶんな」

「いずれにしても、タッシーは逃げちゃったね」

「追っ手はわれわれだけではないということ」フェルマーは片手をのばした。「司令センターにもどらないと。それとも、まだサウパン人の存在を感じるか？」

「ぜんぜん。死んだのかもしんない」

「そうでないことを願おう。行くぞ。ペリーに報告して、捜索を続行しよう」

6

　ジョイスリン・ケリーは微笑した。

「ここだと思ったわ」そういいながらトレーニング・ホールにはいる。そこではジョン・クロールがテニスの壁打ちをしていた。「いま、話してもいい？」

「もちろん」クロールはそう答え、ラケットを小わきにはさんで彼女に近づいた。「なにかあったのか？」

「グッキーがタッセルビルを捕まえるチャンスを二度も逃したって噂よ。運がないわね。そのとき、手のかたちをしたものに出くわしたんですって」

「鎧を破壊した手袋なのか？」

　ジョイスリンは、さあね、というしぐさをした。クロールが汗まみれの衣服を着替えるためロッカールームに向かうと、彼女も同行する。

「それはまだわからないわ。ほんとうに手袋だったのかどうかも。でも、話のつじつまはあうわね。船の外殻の穴は、外側から分子破壊銃であけられていた。それは、人間のこぶしふたつぶんくらいの大きさのロボットが通過できるものだった」

クロールは目をまるくした。

「そのロボットが鎧を破壊し、タッセルビルを探しているわけか。サウパン人を殺すつもりだろうか?」

「まずまちがいないでしょうね。実際、撃ってるわけだし。ローダンはそのロボットが、サウパン人を抹殺するという使命を帯びて乗りこんできたと思ってるわ」

「ちょっと待った」宇宙心理学者は考えこんだ。「だとすると、その使命をあたえたやつは、ここで起きている事態を知ってたことになる」

「そのとおり。ローダンはバザールにセト＝アポフィスの工作員がいて、状況を超越知性体に報告してると考えているわ」

「とんでもなく危険な事態じゃないか」クロールが不快そうにいう。「わたしがずっと警告していた状況になっているわけだから。セト＝アポフィスは挑発されたと思っていて、賭けてもいいが、人類の生命なんてまったく斟酌《しんしゃく》しないだろう。目的達成のためなら、手段など選ばないはず。それは時間転轍機のことを考えればわかる。死傷者がごくすくなかったのは、もちろんセト＝アポフィスの厚意なんかじゃなく、こちらがすばやく反応し、運も味方したからにすぎない」

「そのロボットを発見しないと」

クロールは寛大な笑みを浮かべた。

「かんたんにいうね。まるで、努力すればどうにかなるみたいに」

「場所はわかると思う。あの種のロボットは、内部に小型原子炉を設置しているはずよ。大量のエネルギーを必要とするから。適切な装置があれば追跡できるわ。そうでしょ？」

「バザールには何百というエネルギー源があるし、無数のロボットがさまざまな任務に従事している。そんななかからひとつを特定するのは不可能だ」

「意思疎通しようといろいろやってきた結果から、どこにかくれているか、見当がつけられない？」

「待ってくれ」と、クロール。「服を着替えて、ラボに行こう」

「シャワーはいいの？」

かれは微笑した。

「今回はいい。急いでいるから。チャトワル＝クォイルの伝説を知っているかい？」

「知らないわ、銀河歴史学者さん」

「この伝説には、道楽のせいで人生の幸福を逃した、知性を持つ飛翔人が登場する。その男は香水風呂にはいっていたが、それはあまりにも高価で、もう二度と楽しむことができないものだった。そこに使者が到来した。男が数十年も待ち焦がれていた知らせをとどけにきたのだが、男は風呂を最後まで楽しみたくて居留守を使い、二度とないチャンスを逃してしまった。わたしはそんな目にあいたくない」

その二分後、クロールは一コンピュータに近づき、チームの成果を呼びだした。

それはごくわずかだった。

かれの横にすわったジョイスリンは、サウパン人の発した言葉をもう一度整理し、可能なかぎり翻訳するようポジトロニクスに指示してはどうかといった。クロールは彼女の助言にしたがったものの、ここでも結果はきわめて乏しく、推測以上のものは不可能だった。

「どうしてこんなに口数がすくないんだ?」と、宇宙心理学者。「理解できない。ああいう行動はもちろん、捕虜になった不安でメンタリティが変化したせいとも考えられる。あるいは、そんな状況にもいうな、と、超越知性体に命令されていたか。

だが、タッセルビルがそれにあてはまるとは思えない」

「鎧のなかはぜったいに安全だと信じていたんでしょうね。鎧は知性と存在の一部で、それがあれば話をする必要はなかった。あるいは、まったくべつの理由があるのか」

クロールは探るような目を彼女に向けた。

その二分後、クロールは精神科医とふたりでラボに向かっていた。そこでは多数の科学者がいまもまだ、意思疎通の努力の結果を検証していた。クロールは

「なにか考えがあるようだな。どう思うんだ?」

「タッセルビルは病気だって考えられない? 一種の精神病だと?」

クロールはシートにすわりなおし、モニターにうつしだされたデータに目を向けた。

「捕虜が自分を本来の環境からひきはなした相手と話をするのは、よくあることなのか?」

「よくあるわ。兵士の場合はたいてい、捕虜になると話すことを拒否するけど。でも、タッセルビルがセト=アポフィスの兵士だとは考えにくいと思う。ポジトロニクスによる通訳がほとんど機能していないのも気になるわね。多少の語句は理解できて当然なのに」

「じゃ、あいつは狂っているのか?」

彼女はそれを強く否定した。

「いいえ、そう思ったんだとしたら、わたしのいい方が悪かったわ。精神異常者って意味じゃなくて、感情と精神を強く……たぶん神経を通じて……抑制されているって意味よ。そうだとしたら、他者恐怖を克服するのはむずかしいわ」

「なるほど、精神科医だな」クロールがからかうようにいう。

ジョイスリンは微笑した。

「どう思う……?」

「そうだったとして、なにがわかるんだ？」

「このことを手がかりに、タッセルビルがどこにかくれているか、見当がつくんじゃないかと思って。わたしの推測があたっていれば、特定の行動パターンがあるはずよ。サウパン人全員にはあてはまらなくても、タッセルビルを探す役にはたつと思う」

クロールはわかったというようにうなずいた。

「わたしもいっしょに考えたほうがいいだろう。きみは捜索チームにはいっていないから。チーム内にいるわれわれは視野狭窄《きょうさく》になっていて、外から見ているきみだから、われわれが見すごしていた点に気づけたんだと思う」

「早く見つける必要があると思っただけよ。あのロボットに、タッセルビルを殺させるわけにはいかない。こっちが先んじないと。向こうはサウパン人の反応を知っているぶん、有利なんだし。たぶん探す場所も絞りこんでいると思う。こちらは中央デッキを歩きまわるだけで百日以上かかるし、バザール内の全キャビンとなったら、ざっと見ていくだけでも数年かかるわ」

「つまり、グッキーとフェルマー・ロイドとはべつに捜索しようってことか。向こうは、条件さえよければ、テレパシーで場所を絞りこめるわけだが」

「そのとおりよ。あなたたちの作業から正しい結論をひきだすことができれば、テレパスの力にもなれる。かれらの悩みの種を増やしたくないの」

「トランスレーターが役にたっていないことについては、なにかないか？」クロールはモニターを指さした。

「いまのところ、なにも。ほかのデータも見てみましょう」

クロールがボタンを押すと、映像が切りかわった。ジョイスリンは黙って見ていたが、やがてさまざまな方法で鎧を分析する場面になると、エックス線映像を見せてくれるようたのんだ。

「なにか、あてがあるのか？」

彼女は中空の鎧の内側を指でしめした。タッセルビルがそこにいたことが、いまでは判明している。

「ああ、やっぱりエックス線写真じゃよくわからないわ。ほかの方法で撮影した映像を、これに重ねられる？」

「もちろん。ポジトロニクスがぜんぶやってくれる」かれがさらにいくつかボタンを押すと、もっと鮮明な映像があらわれ、最初の映像とぴったり重なった。ジョイスリンが目をとめた部分には、とりわけ濃密ななにかがうつっていた。

「タッセルビルのからだの主要部分はここらしいな」

クロールはべつのコンピュータで、コスミック・バザールの中央ポジトロニクスに情報を問いあわせた。中央ポジトロニクスは司令センターの管理下にあり、情報もそこに集積されている。

「グッキーとフェルマーがサウパン人についてなにか発見したかもしれない。この作業が重要だと思うなら、新情報はすべてポジトロニクスに登録し、われわれにも見られるようにしているはずだ」

一スクリーンに、タッセルビルのかんたんなスケッチが表示された。その下の説明には、〝サウパン人。ネズミ＝ビーバーのグッキーによる描写から作成〟とある。

「ヴェールみたいね」ジョイスリンはそういい、鎧のさまざまな映像を重ねて表示しているモニターを指さした。「この姿がほんとうだとすると、ヴェールは鎧の内部の、このふくらんだ部分にいたようね。これはなんだと思う？」

そういって、黒くくっきりとうつっている楕円形の部分を指さす。

「鎧にエネルギーを供給するための装置だろう」と、クロール。「小型で高性能な反応炉だと思う」

「タッセルビルはそこにひきよせられていたんじゃない？」

クロールはうなずいた。

「きっとそうだ。この部分に有機物質が集まっている。その後も、すくなくとも映像を見るかぎり、タッセルビルは鎧のなかを動きまわってなどいない。ずっとここにしがみついている」

　ふたりは顔を見あわせた。

「つまりサウパン人は、たぶん同じように、反応炉にひきよせられている可能性が高い。バザールの反応炉に」

「セト＝アポフィスのロボットと思えるものがサウパン人を追っていて、反応炉区画でブラスターを発砲しようとしているかもしれない。すぐに対処する必要があるわ」

「そのとおりだ。行こう」

「どこに？」ジョイスリンが驚いてたずねる。

「もちろん、反応炉区画だ」クロールのほうも、そんな質問をされたことに驚いていた。

「グッキーとフェルマーにまず報告しないの？」

　かれは微笑した。

「その必要はない。たぶんとっくにわれわれの思考を読んでいるだろう。たとえそうでなくても、タッセルビルを発見したら、思念で信号を送ればいい。とにかく、このまま反応炉区画に行く。タッセルビルを見てみたいんだ」

　クロールはラボから走りでて、ジョイスリンもあとを追った。ふたりとも小声で話していたので、ほかの科学者は気づいていない。

「武器がいるわ」いくつもの反重力シャフトを下降する途中、ジョイスリンがいった。

「超越知性体のロボットが攻撃してきたとき、反撃できない」

「戦闘になるとは思わない。タッセルビルを見つけたら、グッキーかフェルマーを呼ぶつもりだ。あとはまかせられるだろう。それに、セト＝アポフィスのロボットが攻撃してくるとも思えない。どうしてそんなことをするんだ？　われわれが勘違いしていないかぎり、向こうの目的は、秘密を暴かれる前にサウパン人を殺すことだろう」

＊

ブルーク・トーセンはロストック・バザールから数光年はなれたハルト船の司令室に立ち、イホ・トロトを見つめていた。

黒い肌の巨人は目を閉じていた。赤い瞳が、両端から中央へと閉じるまぶたにおおわれている。

「イホ・トロト！」テラナーが大声をあげた。「聞こえないのか？」

巨人の唇がぴくりと動いた。

トーセンはハルト人のからだが超硬度の物質ではなく、ふつうの肉体であることを確認し、こぶしで相手の腕の一本をたたいた。それで目をさますことを期待したのだ。実際、額にある目がひとつだけ開いた。

その赤い目を見て、ぞっとする。なんの感情も感じられず、ただの光るガラスのようだ。いつ動きだして、司令室じゅうを暴れまわるかわからない。

「聞いてくれ。この機会を逃すわけにはいかない」と、トーセン。「手袋が行ってしまって、いまは自由に感じる。きみはどうだ？　この瞬間、きみは何者だ？」

イホ・トロトは大きく息をつき、のこるふたつの目を開いた。うめき声をあげ、前かがみになって、四つの手すべてで頭をかかえる。

「なにがあったのだ、ちびさん？　わたしはひどい気分だ」ぐったりとシートに腰をおろし、手袋をはめていた手をなでる。

「おぼえていないのか？」トーセンはたずねた。「わたしと同じく、自分がセト＝アポフィスの工作員だということも？　われわれがここにいるのはロストック・バザールでなにかが起きたからで、手袋がそれに関わっているらしいことも？」

ハルト人は硬直し、じっとすわってなどいられないとばかり、シートから飛びあがった。

「いや、いや、おぼえている」トロトはいきなり、すさまじい勢いでこぶしをてのひらにたたきつけた。あまりの音の大きさに、トーセンはたじろいだ。あのこぶしがあたったら、一撃で即死だろう。

「なんとかしないと」と、トーセン。「たとえば、ここから姿を消すとか。そうすれば手袋はあんたのところにもどれない。もうあんたを奴隷にはできないだろう」

そういいながら、ハルト人をじっと観察する。

手袋の影響力がどのくらい強いのか、かれにはわからなかった。言葉でハルト人を動かし、反抗させたい。かれのなかの抵抗力を呼びおこしたい。トーセンはまだ、トロトの助力で自由になる希望を捨てていなかった。実際、ハルト人は反応をしめした。

「奴隷だと?」と、低い声で反問する。「手袋がわたしを奴隷にしていたというのか?」

「そうだとも」トーセンは内心で震えながらいった。「自分では気づいていないのかもしれないが、そうとしか見えなかった」

「そのとおりだ、ちびさん」トロトの表情がゆがんだ。自制を失いかけているかのように、唇が震える。「自分のすべきことを、他者が決めていた」

「ここから逃げないと。ぐずぐずしてはいられない。手袋がもどってきたら、なにもかもおしまいだ」

トロトの目の焦点が定まり、震えていた唇もおちついた。

「スタートしよう」しっかりした声だ。「もうだいじょうぶだ。二度と自由は手ばなさない」

船長席にすわって、居ずまいを正す。ここからなら、船を単独で操縦できる。

トーセンは司令室の主ハッチまで後退した。ハルト人はいつ変節してもおかしくない、と、勘が告げている。だからできるだけ気をそらしたくなかった。トロトは宇宙船を銀河系にもどるコースに乗せていた。あとはなるようにしかならないだろう。

＊

司令センターから九十階層下のデッキで、宇宙経済学・銀河輸送論の講師が講義を中断した。

「休憩にしよう。飲み物がほしければ、勝手にやってくれ」

二百名をこえる受講生は数分間の息ぬきに、よろこんで席から立ちあがった。宇宙経済学・銀河輸送論はきわめて難解で落とし穴も多く、ポジトロニクスで学習しただけでは不充分だ。無数の事実を知識として記憶するだけでは役にたたず、銀河交易におけるさまざまな規制や障害の背景にある、心理学的側面を考慮しなくてはならない。そうでなくては宇宙交易バザールに、銀河系のあらゆる宙域の、興味を持った顧客を集めることはできない。また、たんに仕入れた経済商品を販売するだけでも充分ではない。銀河系のさまざまな種族のメンタリティと、それぞれの惑星の商慣行に合致した契約を締結する必要がある。各コスミック・バザールで働く男女の前には、見すごせないほどの困難が立ちはだかっているのだ。

コスミック・バザールを訪れる交易相手は自己の利益ばかりを追求し、交易本部に損失を押しつけて、自分は高い利益をかすめとっていこうとしているように思える。だが、実際にそうであることはまれだった。ただたんに、各種族の商慣行が異なっているにすぎない。

実りある交易のためには、契約の締結から商品のひきわたしと所有権の移転まで、リスクがどのように分散されるかを知っていなくてはならない。

いうまでもなく、宇宙ハンザが独自の規則を制定し、違反を許さず、あらゆる業者がそれにしたがうようもとめることもできた。だが、その場合、交易量が著しく落ちこみ、バザールとしてなりたたなくなることが予想された。そのため、宇宙ハンザはまったくべつの道を選択した。交易相手のルールにあわせることにしたのだ。それには入念な学習が必要になる。ロストックのコスミック・バザールは以前から設備に余裕があり、学習の場としては最適だった。

宇宙交易業者たちはざわつきながら、飲料自動供給装置のまわりに集まった。講義ホールの空気は暖かく乾燥していて、喉が渇くのだ。換気装置の異常に気づいた者はいなかった。ちいさなグループがいくつか、講義内容について意見を交換している。

突然、そんなグループのひとつにいた女性が手にしたカップをとりおとし、床にくずおれた。

ほかの受講生たちがその上にかがみこみ、助けおこそうとする。ひとりが医療ロボットを呼んだ。

「どうかしたのか？」講師が人垣をかきわけて進んでくる。だが、かれは半分ほど進んだところで急に心変わりしたかのように足をとめ、青ざめて一受講生にしがみつき、その場に倒れた。

数秒後にはホール内の若い男女がばたばたと倒れはじめた。医療ロボットが到着し、かれらを運びだしたが、意識を失った者の数はたちまち増大し、とても追いつかない。

ロボットは全体警報を発し、それは司令センターにも伝わった。

＊

「こんな状況で、なにか見つけ出すなど不可能だ」フェルマー・ロイドがあきらめたようにいう。「意識を失わなかった受講生たちも、興奮しきっている」

「毒いりジュースを飲んだ連中はすっかり陰鬱になって、タッセルビルと見分けがつかないしね」イルトはそういうと、両手で頭をかかえた。「まさかこんなことが起きるなんて。受講生たちの気分はサウパン人そっくりなんだ。どうにもなんないよ」

そのすこし前、訓練センターからの報告がはいっていた。指揮官はすでに救護処置を命じている。医療ロボットの分析で、飲料自動供給装置の飲料から毒物が検出された。すで永続的な影響はないが、一時的に意識を失い、しばらくは不快感がつづくという。すでに回復した一犠牲者は、まさにその症状を呈《てい》していた。そのせいで気分が落ちこみ、感情がタッセルビルそっくりになっている。

「サウパン人ではないでしょう」と、フェルマー。「すこし前にインパルスをとらえたときは、サービス通廊にいました。すぐに消えてしまいましたが」

「こんな短時間で、人間にこういう影響がある毒物をつきとめられるほどの知性があるとも思えない」ペリー・ローダンがいった。「そもそも、どうやって毒物を入手し、飲料自動供給装置にしこんだのだ？」

「だれかが背後にいるとしか思えません」と、フェルマー。「これは明らかに、標的を絞った攻撃です」

「このバザールには五千人の要員がいる」ローダンが指摘した。「そのなかにセト＝アポフィスの工作員がいるということ」

ローダンの背後からカルシュ・フォゴンの声が聞こえた。ひどくきびしい口調で、鼻にかかった調子も影をひそめ、

「バザールにとどまるのだ。これは決定事項だ」と、いっている。

一スクリーンにひとりの新アルコン人の青白い顔がうつっていた。頬はこけ、おちくぼんだ目は眉にかくれている。

「そんなことは知らん。ここでなにがあろうと、興味はない。契約があるのだ。守らな

くてはならんし、もちろん、守るつもりだ。必要なら、砲撃で穴をあけてでもな」

「失礼」と、ローダン。「どうしたんだ?」

　フォゴンが振りかえった。

「わたしひとりで対処できます。あなたの手をわずらわせるまでもありません」

「そうだとは思うが、どうした?」

「ベルギスは輸送船の船長で、ホワルゴニウム採掘・精製設備をテラから運んできました。荷おろしを終えたので、スタートしたいといっています。ですが、サウパン人の件があるので、認めるわけにはいきません」

「聞いてくれ」テレカムごしに指揮官の言葉を聞いていた新アルコン人がいった。「いかにペリー・ローダンでも、わたしをここにとどめておけるとは思わないでもらいたい。一辺境世界からアルコンに運ぶ荷があるのだ。刻限は十時間後で、遅れたら違約金を支払わなくてはならない。宇宙船を売りはらってもたりないほどの金額だ。選択の余地はない。スタートを認めないなら、エアロックをぶちぬいて出ていくまでだ。いずれにせよ、きっかり一時間後にスタートする」

　通信が切れた。

「そこまでやるかね?」グッキーが文句をいった。「全員あの男におかんむりだけどさ、ぼくらはタッセルビルを見つけなきゃなんない。行こうぜ、フェルマー。こんな状況じや、消えたほうがよさそうだ」

　グッキーはフェルマーに片手をのばしたが、テレポーテーションする寸前、ローダンがひきとめた。

「あわてるな。まず、そのベルギスという男がなにを考えているか知りたい。タッセルビルを乗せて脱出しようとしているのかもしれない。バザールにいる仲間とともに、セト＝アポフィスのために働いている可能性もある」

　グッキーは一本牙を爪でこすって、不快な音をたてた。フェルマー・ロイドが顔をゆがめ、非難の目を向けたが、イルトは平気な顔をしている。

「べつにいいさ。そいつをテレパシーでばらばらに分解して、自発的になにもかも白状する気にさせてやるよ」

　シートの背にもたれ、脚を組み、胸の前で腕組みする。だが、次の瞬間にはもう立ちあがり、驚いたようにフェルマーの顔を見つめた。

「なんか感じたかい？」と、切迫した口調でたずねる。

「いいや。ベルギスが見つからない。ほんとうに船内にいるのか？」

「そゆこと。どこにもいないんだ。でも、輸送船のようすは見てみないと。テレポーテーションするよ。そんでいい？」

「それでいい」と、ローダン。「だが、用心しろ」

イルトは返事をしようとして考えなおし、消え失せた。だが、直後にふたたび出現する。シートの一メートル半ほど上に実体化し、頭からクッションの上に落下。そのあと弾《はじ》かれたようにはねおき、狼狽《ろうばい》してローダンを見た。

「バリアをはって、ぼくをはねかえしやがった」司令センターの面々は、とまどって顔を見あわせた。タッセルビルが輸送船内にいることを疑う者は、もういないといってい い。力ずくで問題を解決するしかないということ。

「ベルギスはぜったいにスタートさせられない」と、ローダン。「必要があれば、応戦も辞さない」

7

　ジョン・クロールとジョイスリン・ケリーはなんの妨害もなく、もと播種船の反応炉区画にたどりついた。間断なくうなりをあげる大ホールにはいっても、とめようとする者はいない。巨大マシンが天井近くまでそびえ、そこからコスミック・バザール全体にエネルギーが供給されている。

　反応炉はポジトロニクスに制御され、監視されている。わずかな人数が数カ所で作業しているだけだ。

　ジョイスリンはおどおどと周囲を見まわした。

「どうやって、ここでタッセルビルを見つけるの？　とても無理だわ」

「ここにいるなら、狩りだせばいい」クロールは自信満々だ。「見つけるまであきらめない」

　装置の前で作業していた一技師がふたりを見て、親しげな笑みを向けた。

「なにか手伝えることはあるか？」

「いや、だいじょうぶだ」と、クロール。「ちょっと見学したいんだが、問題はあるかな?」

技師は笑い声をあげた。

「あると思うか? かくしてることなんてないよ」

そういって、作業にもどる。

「セト=アポフィスがここに工作員を送りこんだら、かんたんに大きな被害をあたえられそうね」百メートルほど進んで、大きなマシンのかげにはいると、ジョイスリンがいった。「まったく無防備なんだから」

「そりゃそうさ。超越知性体が反応炉区画で破壊活動をするとは考えにくい。バザールを攻撃するなら、まず、司令センターを狙うだろう」

「だったら、例のロボットは?」

「あれはタッセルビルが狙いだった。サウパン人を殺しにきたのであって、バザールに被害をあたえにきたんじゃない」

「たしかにそうね」

彼女はいきなりクロールの腕をつかんだ。その視線はそびえるマシンの先に向けられている。

「どうした?」と、クロール。

「姿が見えたと思う」

「だれの?」

「手袋よ、もちろん」

クロールにはとくに異常なものは見えない。ジョイスリンの見間違いだろうと思ったとき、黒い手袋がかれの視界を横切った。四メートルほどの高さで、二本のパイプにそって飛んでいる。見間違いようがなかった。クロールは腕をつかんだ手に力がこもるのを感じた。

「あれがここにいるなら、タッセルビルもどこか近くにいるはずよ。手袋はサウパン人を探していて、反応炉にひきよせられることも知ってるはずだから」

クロールは訂正しなかったが、彼女の言葉は正確ではない。

タッセルビルは反応炉そのものではなく、そこに生じるなにかにひきよせられているはずだ。特定のエネルギー放射かもしれないし、温度か、振動か、まったくべつのものかもしれない。クロールは微笑した。自分とジョイスリンの推測があたっていたとわかったから。

テレパスはタッセルビルを発見できなかった。条件的にはもっと困難なはずの自分が、それをなしとげたのだ。サウパン人が反応炉区画のどこにかくれているのかはわからないが、それはどうでもよかった。タッセルビルはこの近くにいる。それで充分だ。

精神科医の先に立って、浮遊する手袋を追跡する。

「司令センターに報告したほうがいいんじゃない？」

クロールは首を横に振った。

「まだだ。タッセルビルを見つけたら報告する」

「それではまにあわないわ」

クロールは答えない。もとめているのは議論ではなく、成果だった。内心ひそかに、目的を達成したあとでグッキーとフェルマー・ロイドが気づけばいいと思っている。かれらを呼ぶ必要がなければいい、と。

手袋までの距離は十メートルほどだ。まるでなかに巨大な手がはいっているかのように、大きくふくれあがっている。手袋は制御盤に向かって降下し、床から一メートル半くらいのところで停止した。

クロールは左手を横にあげ、ジョイスリンにそれ以上進まないよう注意した。

「どうしたの？」

「待ってて」

彼女が気づいたときには、もう遅かった。クロールをひきもどすことはできない。

クロールがいきなり、手袋に向かって駆けだしたのだ。ちいさな歩幅ですばやく足を動かし、ロボットに突進していく。本人の感覚では、瞬時に到達できるつもりで。

ジョイスリンが悲鳴をあげる。

彼女には、クロールが功名心につきうごかされ、不可能に挑戦しているとしか思えなかった。

手袋まで二メートルのところで、クロールが跳躍。

かれの両手がセト＝アポフィスのロボットと思えるものをつかんだ。

＊

コスミック・バザールの司令センターは大騒ぎだった。ペリー・ローダンの命令で、指揮官が問題の輸送船に対する軍事行動を準備している。タッセルビルを脱出させるわけにはいかないから。

ローダンはスクリーンに目をやった。コンピュータが部隊配置図を表示している。輸送船に隣接する格納庫には、もとオービター艦隊の楔型艦《くさびがた》数隻が待機していた。これとはべつに四隻がエアロックの外に陣どって、輸送船が力ずくでスタートした場合、ただちにとりおさえられる態勢にある。

ベルギス船長は予告したスタート時刻の半時間前に、最後通牒《つうちょう》を送ってきた。

「スタートを認めてください、ペリー」と、船長が要求。

「脅迫には屈しない」ローダンが答えた。「きみの船には異知性体が乗りこんでいると推測される。そのため、船内捜索を要請する。それがすむまで、スタートは認められない」

新アルコン人は顔をひきつらせた。

「異知性体ですと?」明らかに驚いている。「そんなものがいれば、気づかないはずがありません。そうでなく、わたしは……」

船長は言葉を切り、唇を嚙んだ。話しすぎたと感じたようだ。

「きみは、なんだ?」と、ローダン。

「なんでもありません。いいでしょう。捜索をうけるのは問題ありません」

「では、きみは船内にとどまっているように」

「わかりました」と、ベルギス。「補給は充分です。一カ月の遅延になりますが、それで生じた損害については、肩がわりしてもらいますよ」

ローダンは笑った。

「そうなったとしても、ここはテラの勢力圏内だ。われわれには権限があり、きみには明らかに不利に働く」

新アルコン人の顔が曇った。

異知性体のことを話したとき、船長はほんとうに驚いていたようだ、と、ローダンは思った。タッセルビルのことは知らなかったのだろう。だが、べつのなにかをかくしている。

グッキーに目を向けたが、イルトは首をかしげただけだった。ベルギスの思考が読めないのだ。輸送船はパラトロン・バリアにつつまれていて、上位次元エネルギーもそれを貫通できない。

ベルギスはなにをかくしているのか、と、ローダンは自問した。

「捜索要員をうけいれる準備ができたら知らせてくれ。それまで話すことはない」

ローダンは船長に向かって手を振り、通信を切った。

「あのベルギスという男について、なにを知っている?」と、指揮官にたずねる。

「なにも」カルシュ・フォゴンは答えた。「地球から経済商品を運んでくる輸送船はたくさんあり、その多数の船長のひとりというだけです。個人的な関係はありません。あの男を選んだのは、宇宙ハンザの委員会です」

「タッセルビルがあの輸送船にいるとは思えないのだが……」そのときグッキーが声をあげ、ローダンは振りかえった。

「あの手袋だ。居場所がわかったぜ」

そういうと同時に、グッキーは非実体化した。

＊

クロールは浮遊している手袋につかみかかり、全身でのしかかった。そのまま床に押しつけるつもりだ。だが、手袋は一ミリメートルも下降せず、進行方向に急加速して科学者を振りおとそうとした。同時にクロールは、胸に焼けるような痛みをおぼえた。

悲鳴をあげ、手をはなす。

手袋が垂直に上昇していたので、宇宙心理学者は四メートルほどの高みから墜落した。マシンのななめになった外板にぶつかり、ずるずると滑りおちて、ひどい衝撃もなく床に転がる。それでも意識を失って、動かなくなった。

急いで駆けよったジョイスリンは、かれの胸と肩がひどく焼け焦げていることに気づいた。二十センチメートルの至近距離から、針のように細いビームをうけたのだ。

「どこに逃げた？」すぐ近くから甲高《かんだか》い声が聞こえた。

「グッキー」彼女は振り向いた。負傷者と謎の手袋以外にだれかがいるのを知って、ほっとする。「やっときてくれたのね」

「やっと？　大急ぎで飛んできたんだぜ。電光石火でここに出現したら、助けをもとめるきみの声が聞こえたんだ。この男はどうしたのさ？」

そういって、クロールを指さす。

ジョイスリンは探るようにあたりを見まわしたが、手袋はどこにも見あたらなかった。

「手袋がそこにいたんです。ジョンがそれを素手で捕まえようとして」

「ばかなことをしたもんだね」グッキーはそういってクロールの手をとり、一医療センターにテレポーテーションした。そのあとまた精神科医のところにもどる。

「まさか、あんなばかなことをするとは思いませんでした」ジョイスリンは相手がずっとそこにいたかのように話をつづけた。

グッキーがその思考をテレパシーで読みとる。

「ほんとうに手袋だったんだ」と、驚いてつぶやく。

「黒い大きな手袋でした。素材はとても薄くて、なかはからっぽみたいだった」

「そいつがジョンを撃ったのはたしかなの？」

「そうでないなら、ジョンは負傷していないでしょう？　ジョンが飛びかかったとき、手袋がブラスターを発射したんです」

彼女はグッキーの腕をつかんだ。

「わたしが嘘をついていないことはわかるはず。テレパスをだますことなんてできませんね」と、熱心にいう。

「ま、とくにぼくはね」グッキーは腰に手をあててあたりを見まわしたが、手袋はどこにもなかった。フェルマー・ロイドに意識を集中し、隣接区画から武装要員を反応炉区画に送るよう要請する。手袋の捜索を手伝わせるのだ。

「タッセルビルはこの近くにいるはず」精神科医は小声でそういった。自分とクロールがミスをおかしたことはわかっている。司令センターに報告せずに、サウパン人の捜索に出るべきではなかったのだ。

「そうだね」と、グッキー。「でも、がっかりしないでよ。タッセルビルを探すのに、じゃまになるから。きみの感情があいつの感情をかくしちゃうんだ。むしろ、ジョンがまだ生きてることをよろこんでよ。殺されてたかもしんないんだよ。ビームが心臓を狙ってたら、かすり傷じゃすまなかったはずさ」

「そうでしょうね」

「気を楽にしなって。きみたちが思いきった行動をしたのは、悪いことじゃなかったんだから」グッキーは辛抱強くジョイスリンをなぐさめた。彼女がそばをはなれないので、その感情が捜索のじゃまになっていたのだ。

「わたしはもう行きます」四方八方から武装要員が集まってくると、ジョイスリンがいった。「ジョンのそばにいたほうがいいみたい」

グッキーは彼女がいなくなるのを待ち、捜索コマンドに向きなおった。

「探すのは手袋だ。黒くて、空を飛んで、この近くにいるはずなんだ。気をつけて。物騒なやつだから。身の危険を感じると、撃ってくるぜ」

要員たちはにやにやしている。からかわれたと思っているのだ。グッキーはテレパシーで、数人がかれの正気を疑っていることを知った。まわれ右して仕事にもどろうとする者もいる。グッキーのいたずらだと思って、本気になっていない。

「動くなよ」イルトはもどろうとした者たちをテレキネシスでひきとめた。「ほんとうの話なんだ。ばかげて聞こえるだろうけど、この手袋は実在する。実際になんなのかはわかんない。生命体かもしんないし、ロボットかもしんないし、ぼくらがまだ知らない、それ以外のなにかかもしんない。でも、そいつはこの反応炉区画にいて、やっぱりこの区画にいるらしい生命体を殺そうとしてる。だから、そいつをとめなくちゃなんないんだ。狙われてるのは、結び目のあるハンカチみたいなやつだよ」

ほぼ全員が失笑した。

だれもイルトを信じておらず、こけにされるのを恐れている。

「待ってってば」グッキーは声をはりあげた。「ペリーを連れてくるから。チーフがいうなら、手袋が実在して、危険なやつだってことも信じられるだろ」

かれは憤慨していた。こんなときに信用されないとは。時間さえあれば、この場で事情を説明して、必要な敬意を勝ちとるところだ。だが、いまは謎の手袋に大きなリードを許していて、いつ逃げられてしまうかわからない。

テレポーテーションしようとしたとき、冷却システムのそばに立っていたひとりの男が、いきなり声をあげた。

「いた。手袋だ。たしかに見たぞ!」

なにか黒いものが頭上を横切り、直立管をよけて旋回した。一瞬だが、その姿はグッキーにも、ほかの数人にもはっきりと見えた。

たしかに手袋だった。それがイルトの頭をかすめ、一瞬、驚いたように動きをとめた。グッキーは自分の話を隊員たちが信じなかった理由を悟った。かれ自身、どこかに疑いを持っていたのだ。

ひとりがすばやくブラスターをぬき、頭上めがけて発砲した。射撃の腕には自信があるらしい。発射されたエネルギー・ビームがその場の者たちの目をくらませたが、命中したのは多くの者が目撃していた。熱線は手袋のてのひらにあたり、なんの効果もないままわきにそらされ、ホールの奥に消えていった。

ほかの者が発砲する前に、手袋はマシンのかげに逃げこんでしまった。

「追いかけるんだ！」グッキーは叫んだが、どうすれば捕獲できるのか、見当もつかなかった。「あいつを無力化しなくちゃ」

「ビームは命中したのに、なんともないようでした」と、一要員。

「わかってるよ」グッキーが答える。「でも、数人がいっせいに狙い撃てば、そうはいかないんじゃないかな」

手袋が消えた場所にテレポーテーションし、なんとか追いつこうとする。

その瞬間、目の前にタッセルルビルがいた。

8

フェルマー・ロイドは飛びあがった。

「グッキーがタッセルビルを発見しました」と、興奮ぎみに報告する。「サウパン人は輸送船ではなく、反応炉区画にいたんです。手袋もそこにいたそうです」

「グッキーにいって、われわれをそこに運ばせろ」と、ペリー・ローダン。

「それは拒否しています。タッセルビルは手袋に命を狙われていて、置いてはいけないとのことです。手袋が攻撃してきたら、テレキネシスで捕獲するつもりだそうです」

ローダンはなにも質問しなかった。グッキーが手袋を見たといっている以上、それは実在するのだろう。

あの科学者たちは間違っていなかったわけか、と、驚きとともに思う。手袋とは。セト＝アポフィスはじつに奇妙な武器を使うようだ。

「グッキーから、すぐに一基以上のエネルギー・フィールド・プロジェクターを用意してくれとのことです。タッセルビルをフィールド内にとらえれば、逃げられないし、手袋も襲ってこられないから、と」

アコン人のカルシュ・フォゴン指揮官が瞬時に反応した。インターカムのスイッチをいれ、ネズミ＝ビーバーの近くにいる技師と連絡をとり、必要な装置をイルトのところに運ぶよう指示する。

「行くぞ、フェルマー」ローダンがいった。「下だ」

武器キャビネットからブラスターを二挺《ちょう》とりだす。一挺をテレパスに手わたし、ふたりは司令センターから出ていった。

「輸送船はぜったいにスタートさせるな！」ローダンは指揮官に向かって叫んだ。「あの船長はどうも怪しい。船を自由にする前に、はっきりさせる必要がある」

フォゴンは輸送船を押さえておくと約束した。

ローダンはミュータントとともに反応炉区画に急ぎながら、現状についてざっと説明をうける。数分後に現場についたときには、状況は確実に把握できていた。捜索コマンドの要員は、用心深くイルトを遠巻きにしていた。グッキーは一制御盤のかげにうずくまり、頭上のタッセルビルをじっと見つめている。

「しずかに」と、フェルマー・ロイド。「発見されたと知ったらサウパン人が逃げてしまうと、グッキーが不安がっています。タッセルビルは調子が悪そうです。負傷しているのでしょう」

要員十人が、反重力プラットフォームに載せたエネルギー・フィールド・プロジェクターを運んできた。それをネズミ＝ビーバーのところまで押していく。

ローダンとフェルマーはそのあとをついていった。手振りで指示を出し、プロジェクターを適切な位置に設置させる。

「急いで」グッキーがささやいた。「タッシーはぼくらに気づいたら、すぐに逃げだすはずさ。それをこっちに誘導するから」

グッキーがサウパン人の逃げだす方向をしめす。ローダンはその前方にフィールドを展開し、罠をはるよう指示した。

数秒後、プロジェクターがもと播種船のエネルギー網に接続され、作動準備がととのう。

〈いいぞ！〉ローダンはネズミ＝ビーバーに合図した。

その思考をとらえたグッキーはテレキネシスで空中に浮遊し、サウパン人に近づいた。

タッセルビルは瞬時に反応した。かくれ場をはなれ、急いで逃げだす。

一技師がボタンを押すと、ボウル形のエネルギー・フィールドが次々と展開した。

サウパン人は罠に気づき、方向転換しようとしたが、手遅れだった。技師は次のエネルギー・フィールドで最後の隙間をふさぎ、空間を球形に密閉した。タッセルビルはからだを扁平にして、興奮したようすで前後に動きまわり、どこかに隙間がないかと探している。

ローダンはほっと息をついた。

サウパン人は確保できたようだ。

「ラボに連れもどしておいてくれ。同じように防御フィールドを展開するのだ。それでタッセルビルは逃げられないし、手袋の攻撃からも守られる」

技師が捕らえたサウパン人をエネルギー・フィールドごと運びさる。ローダンはグッキーから、手袋の外観と、それがなにをしたかを聴取した。そのあとさらに情報を収集するため、医療ステーションにいるジョン・クロールのところに向かう。

宇宙心理学者は手厚く看護されていた。寝台に横たわったかれのそばにはジョイスリン・ケリーがつきそっている。ローダンとフェルマーがはいっていくと、彼女はすわっていた椅子から立ちあがった。

「見た目以上に重傷なんです。ビームは胸を貫通して、そこがひどい火傷になっています。死ななかったのが奇蹟に思えます。あの奇妙な手袋は、熱線ではなく、麻痺ビームを使ったようです。それでジョンもすぐにおとなしくなったんでしょう。さもなければ、もっと戦おうとしたはず。もちろん、すぐに医療ロボットがきてくれたのもさいわいしました」

「すみません」クロールは苦しそうに謝罪した。「わたしのミスです」

「そう自分を責めるな」ローダンがなだめるようにいう。「重要なのは、タッセルビルを確保できたことだ」

かれはふたりから手袋について話を聞いたあと、フェルマーとともに司令センターにもどった。そこであらためて、手袋がほんとうに船の外板に穴をあけて侵入したのか、それとも輸送船のベルギス船長が持ちこんだのかを検討する。

反抗的な船長の関与は否定できない。

「きみがそんな態度をとる理由がわかったぞ」ローダンは船長を呼びだし、そう口火を切った。

ベルギスはスクリーンごしに、探るようにローダンの顔を見た。不安そうな表情だ。

強行突破でスタートはしないだろう、と、ローダンは思った。なにか心配ごとがあるらしい。

「では、わたしにはこのコスミック・バザールを瓦礫《がれき》の山に変える力があることも、知っているわけですね」新アルコン人がいった。

ローダンは驚いたが、それをおもてには出さない。

どこかに爆弾をしかけたとでもいっているようだ。ローダンの頭をそんな考えがよぎった。たぶんそれだろう。銀河系には、コスミック・バザールを目の上の瘤《こぶ》のように思っている者も多い。望まない競合相手を排除するためなら、そのくらいのことは実行するだろう。

「いまの問題が解決したら、きみを自由にする」ローダンは約束した。

「その約束を書面にしてください」と、新アルコン人。

「ほう？」ローダンは皮肉っぽく微笑した。「欲をかくと高くつくぞ、ベルギス。はっきりいっておくが、きみのバザール内での足どりは、完全に再現できるのだ。いま、数百人の男女が、バザールでのきみの行動に奇妙な点がなかったかを検証している。結果はすぐに出るだろう。どうする？　そうなったら、きみの手の内に交渉のカードはなくなってしまうぞ」

「どうしてわたしを自由にするんです？　意趣がえしするつもりがないのは、筋が通りません」

「われわれにとって、きみは厄介者なのだ、ベルギス。いまはもっと緊急に解決しなくてはならない重大問題が生じていて、きみが早くいなくなってくれるほど、こちらにとっても都合がいい。わかってもらえたかな？」

新アルコン人はためらった。

ローダンは、船内に爆弾がしかけられているのは確実だと推測した。かれがベルギスと話しているあいだにカルシュ・フォゴンも同じ結論にいたったらしく、ヴィデオカムで捜索を命じていた。

ベルギスは明らかに圧倒されていた。自分の手に余るくわだてに参加してしまったことに、とっくに気づいているのだろう。自分がローダンに対抗できないことを思い知り、いまはこの場を切りぬけることしか考えていない。ロストック・バザールにどんな損害をあたえようとしたかが露見して、処罰されるのを恐れているのだ。

同時に、時間がたつほど状況が不利になることもわかっているだろう。ローダンに唯一の切り札をさらされてしまったら、なすすべがなくなることも。

「いいでしょう」ベルギスは屈服した。「スタートして、姿を消します」

「防御バリアを切ってもらおう」と、ローダン。

「すでに切りました」

グッキーがローダンのそばに実体化した。パラトロン・バリアが解除されたので、新アルコン人の思考を読むことができる。

「ジャルノスのブラック・ゲルが二トン、いま輸送船がいる格納庫の床の下に敷いてあるぜ」グッキーが憤然と報告。「バザールの下三分の一は即座に崩壊するし、のこった部分もすぐに炎につつまれることになる」

「そんなことをする理由はなんだ？」

こんどはイルトと同じくテレパスのフェルマー・ロイドが答えた。

「自分たち以上に成功した交易業者の存在をうけいれられない、スプリンガーの一氏族に依頼されたようです」

「ここを爆破すれば、ほかのコスミック・バザールにも爆弾があるかもってことになるしね」と、グッキー。

ローダンはスクリーン上の新アルコン人に目を向けた。相手の蒼白になった額には玉の汗が浮いていた。

「だからといって、約束を破るつもりはない」と、ローダン。「ブラック・ゲルの処理がすんだら、いつでもスタートしてかまわない」

「すぐにスタートしていいといったはずです」ベルギスが反論する。

「問題が解決したら、と、いったのだ。爆弾を無力化するまでは待ってもらう。きみが手伝えば、多少は早くなるかもしれないぞ」

輸送船の船長は、こんどはためらいなく答えた。

「手伝います」

「すぐそちらに行く」ローダンは通信を切った。とにかく案件がひとつかたづいて、ほっと息をつく。「受講生たちの容態はどうなっている？」

「順調に回復しています」と、カルシュ・フォゴン。「生命に危険がある者はひとりもいないと、報告がありました」

「毒物の出どころは判明したか？」

「はい、ただ、いくつか不明点もあります。技師によると、飲料自動供給装置の下部にある構造転換機が損傷していたそうです。ポジトロニクス制御の転換機に、針のように細いエネルギー・ビームで手がくわえられ、毒物が混入するようになっていたとか。その技師がいうには、たぶんシガ星人か小型ロボットが……」

声がだんだんちいさくなって、消えた。自分がなにを見おとしていたのか、ようやく気づいたのだ。

「小型ロボット」と、くりかえす。「そう、このバザール内には小型ロボットが存在するんでした。あの手袋です」

「ロボットなのかどうかは不明だ」と、ローダン。「だが、可能性はある」

「しかし、なぜです？」フェルマー・ロイドがたずねた。「どうして受講生と講師を失神させたんです？」

「陽動作戦だろう。そうとしか考えられない。われわれの注意を、自分とタッセルビルからそらそうとしたのだ」

ローダンはグッキーに片手をのばした。

「わたしも行きます」と、フェルマー。「きわめて危険な爆弾を処理するには、テレパスがひとりより、ふたりのほうがいいはず」

イルトはふたりとともに格納庫にテレポーテーションした。輸送船のベルギス船長が、ちょうどエアロックから出てきたところだった。ローダンの視線をうけて、狼狽しているようだ。

「申しわけありません」と、消えいりそうな声でいう。「こんな話には関わらなければよかったんですが、破産して、金が必要だったんです」

「もういい」と、ローダン。「とにかく、爆弾を処理しよう。それが最重要事項だ」

新アルコン人は唾《つば》をのみこみ、手の甲で額の汗をぬぐった。

「ホースを使って船から直接、格納庫の下に流しこみました」

「ホースを使って？」ローダンは不思議そうな顔になった。「ゲルではないのか？」

「船に積載したときは液体でした。酸素に触れるとゲル化するのです」

「なるほど。下に行ってみよう」

格納庫担当の一技師の案内で、一行は階段をおり、下層デッキに向かった。そこは無数の小部屋に分かれていて、ほとんどは宇宙船の部品の保管室だった。ゲルが満たされたキャビンはすぐに見つかった。

「どうやって起爆する？」ドアを開ける前に、ローダンがたずねた。

「特殊な通信インパルスで」と、ベルギス。「ゲルのなかに小型の起爆装置があって、信管につながっています。また、ゲルに直接、エネルギー性の衝撃をあたえることでも起爆は可能です」

かれはローダンに向かってうなずいてみせた。

「ドアはしずかに開ければだいじょうぶです。ゲルは弾力があるので、流れでたりはしません」

ローダンがボタンを押すと、ドアが横にスライドした。部屋のなかが見えるようになる。全体の半分くらいがブラック・ゲルに満たされていた。

「こんなはずはない」新アルコン人がつぶやいた。

「どうした？」と、ローダン。

「すくなくとも三分の一がなくなっています」ベルギスの思考を読んだフェルマーが答えた。

「たしかなのか？」ローダンは新アルコン人にたずねた。

「まちがいありません。天井近くまでいっぱいになるはずの量があったんです」

「のこりはどこにいったんだ？」フェルマーは天井を指さした。「ぜんぶは流れこまなかったのでは？　あるいは、圧縮されて体積が減ったか」

ベルギスは首を強く左右に振った。

「考えられません。三分の一ほどがなくなっているのはたしかです」

「陽動作戦が、われわれの推測とは異なっていたのかもしれない」ローダンが考えこみながらいった。

「手袋ですか？」と、フェルマー。

「なにがあっても不思議はない。行こう」

ベルギスはイルトが両テラナーの手をつかんで消えさるのを茫然と見送った。三人がなんの話をしていたのかは、理解できない。

かれは格納庫の技師とふたり、爆発物を除去しはじめた。容器にいれて酸をくわえ、爆発しないようにするのだ。

ローダンとフェルマー・ロイドはイルトとともに、タッセルビルが拘束されているラボの下にある、技術ラボ区画に実体化した。グッキーはすぐにまたテレポーテーションで姿を消す。ふたりがいるのは一通廊で、左右にいくつものドアがならんでいた。

ローダンが最初のドアを開けると、人間の頭ほどの大きさの黒い塊りが五つ、天井にくっついているのがわかった。

「どうやらあれが消えた爆弾の一部らしいな」と、ローダン。

「手袋ですか」フェルマーが慄然とした口調でいった。「タッセルビルのいるラボを吹っ飛ばすつもりのようです。そうすればサウパン人を守っているバリアも破壊できると考えたのでしょう」

ふたりのあいだにグッキーが実体化した。

「手袋が！」と、叫ぶ。「ここから逃げないと」

イルトはふたりの手をとり、テレポーテーションした。最後の瞬間、ローダンは黒い影が通廊を飛び過ぎるのを目にした。

ネズミ＝ビーバーたちは食堂に実体化した。数人の科学者がテーブルのあいだに立ち、議論を戦わせている。かれらはローダンを見て黙りこんだが、ふたたび口を開く前に、足もとの床が震えた。

警報が鳴りひびき、ロボットが爆発現場に急行する。

「グッキーがくるのがあとすこし遅かったら、あぶなかった」と、フェルマー・ロイド。

「グッキー、どうしてわかったんだ？」

「予想したのさ」ネズミ＝ビーバーはうれしそうに一本牙をむきだした。「もどった瞬間、手袋が見えたんだ。ふたりの考えはわかってたから、なにが起きてるのか、すぐに気がついた」

「心から感謝します、グッキー」一科学者がいった。「われわれをラボから連れだしてくれなかったら、いまごろは死んでいました」

「感謝するにゃおよばないよ。こんなのはほんの片手間仕事さ」

「タッセルビルが生きのびたかどうか知りたい」ローダンがいい、イルトはかれとともに爆発現場にテレポーテーションした。ラボは半分がた崩壊していた。投光器が現場を照らしだす。ロボットはすでに炎を消しとめ、現場をかたづけはじめていた。ロボットを監視している船載ポジトロニクスの指示で、数日もすれば爆発のシュプールが完全にわからなくなるだろう。

ローダンはかすかに揺れる床の上に立ち、爆発で生じた球形の空洞を見つめた。直径は二百メートル以上ある。

その空洞から二十メートルほどはなれたところに、原形がわからないほど変形した容器が転がっていた。そこにタッセルビルの残骸がひっかかっている。

「まだ死んでないけど、時間の問題だね」と、グッキー。

「不思議だ」フェルマー・ロイドがつぶやいた。イルトも同じことを感じている。「陰鬱な感情が消えていく」

「かわりに幸福感があふれてきてるね」

「わたしは司令センターにもどる」ローダンがいった。「急げば手袋を捕らえられるかもしれない」

「逃げだすと思うのですか？」と、フェルマー。

「宇宙空間からやってきたのだ、ここにとどまる理由はないだろう？　任務は達成したのだから」

グッキーはふたりとともに司令センターにテレポーテーションした。

「船の周囲を監視しろ」と、ローダンが命じる。「遠ざかっていくものがあったら、牽引ビームで捕らえるのだ」

「手遅れです」カルシュ・フォゴンがいった。

一探知スクリーンにちいさな光点が確認できた。すさまじい加速で画面上を移動していく。指揮官が遠距離映像に切りかえると、とらえていた対象は消失した。

「ちいさすぎるんです」フォゴンが残念そうにいう。

「あきらめるな。可能な手段をすべて動員するのだ。どこに向かうか、知らなくてはならない」

だが、努力はすべて徒労に終わった。

手袋は消えたままだ。

ローダンは見るからに落胆していた。

「ハンザ・スポークスマンをスチールヤードに招集し、会議を開く必要がある。セト＝アポフィスの活動は脅威を増している。もっと情報を収集しなくては。とにかく、これ以上、深刻にならないようにしないと」

ローダンは一刻も早くノルガン・テュア銀河の惑星クーラトに向かうつもりでいた。三つの究極の謎が、いよいよその重みを増してきている。この危険な状況を生きのびるには、それに真剣にとりくむしかなさそうだった。

イホ・トロトのこぶしが制御盤のボタンをたたいた。

ブルーク・トーセンはほっとした顔で、いくつもの装置の表示を眺めた。宇宙船が震動する。

＊

スタートしたんだ！　われわれは自由だ。

かれが司令室から出ていこうとすると、トロトがシートを回転させた。

二列になった鋭い歯をむきだし、大きな笑い声をあげる。

「やりとげたぞ」勝ち誇った声だった。「セト＝アポフィスはわれわれを手ばなすしかない。手袋はもう追いつけない」

開いたままのドアからなにか黒いものが飛びこんできて、トーセンの横をかすめた。

トロトは驚いて、目を大きく見開いた。笑い声がとだえる。

手袋がかれに近づいていった。

「それをはめてはだめだ！」トーセンが叫ぶ。「また奴隷にされる。手を握るんだ」

トロトは右の作業アームをのばし、手を握りしめた。乾いたすすり泣きが巨体をぐらつかせる。

その手が震えるのが見えた。

目に見えない力がゆっくりと確実に、トロトの指を開いていく。やがて指はのびきり、手袋がその手におおいかぶさった。

謎めいた手袋は、ハルト人の手と融合したように見えた。

トーセンはトロトに背を向け、司令室から逃げだした。

だが、すぐに足をとめる。ハルト人を恐れる必要はないとわかったから。どこからともなく声が聞こえた。その声がトロトとかれに、いまいる宙域からできるだけ急いではなれるよう命令する。

ハルト人はふたたびシートをまわして操縦装置に向きなおり、宇宙船をあらたなコースに乗せた。

アトランの帰還

ウィリアム・フォルツ

どの時代も、自分たちの戦いがもっとも重要だと信じている。

ハインリヒ・ハイネ　一七九七－一八五六

登場人物

アトラン……………………………………アルコン人
ブレッククラウン・ヘイズ……………ソラナー。ハイ・シデリト
ジョスカン・ヘルムート………………同。もとサイバネティカー
ガヴロ・ヤール…………………………同。もと水耕栽培技術者
サーフォ・マラガン
ブレザー・ファドン　}……………………ベッチデ人のもと狩人
スカウティ
カルヌウム
グー　}……………………………………クラン人。クランドホルの公爵
ムンドゥウン

1　当時……

かれらがわれわれを捕らえ……わたしは感嘆した！

つきすすんでいくかれらの向こう見ずな勇気を、明らかに優勢なわれわれと肩をならべようとする賢明な戦術を、当時かれらが自身に対してしめした無慈悲さをさえ、わたしは賞讃した。

ブレッククラウン・ヘイズ船長の状態は絶望的だったが、それでもハイ・シデリトの矜持《きょうじ》は失っていなかった。宇宙線とソル・ワームに破壊された顔が大全周スクリーンのほうを向くと、そこに一恒星の光が照り映える。ヘイズはその場に直立し、両手をシートのヘッドレストに置いているように見えるが……じつはフィッシャーの助けがなければ、一歩たりとも動くことはできなかった。

フィッシャーはわれわれがヴァルンハーゲル・ギンスト宙域ですごした二週間ほどの

あいだに発見した、もっとも驚くべき存在だった。いまは船長のすぐうしろに浮遊している。触手形アームはだらりと垂れさがっているが、船長を支える必要があるときは、瞬時にその態勢に移行できた。

恒星クランドホルがスクリーン上を移動し……もちろんこれは見かけ上のことで、実際には《ソル》が亜光速でクランドホル星系をつっきっているのだが……老ソラナーの破壊された顔の上に光と影を踊らせる。

この恒星光のなかで、クラン艦は燃えている蛾か、飛び散る火花のようだった。白く、大きく、美しい。宇宙航行の産物だ。白い宇宙船がはじめてクランドホルの子供たちをこの星系から宇宙の奥深くに送りだしたのは、そう昔のことではない。

「いずれにせよ」ヘイズがわたしのほうを見もせずにいった。「これでわたしも、目標惑星への到着は体験できそうです」

相手がほかのだれかなら、なぐさめの言葉のひとつもかけているところだ。だが、ヘイズは感傷的な言葉に動かされるような男ではない。かれがハイ・シデリトとして《ソル》に君臨した短い期間中、その徹底した即物性はきわだっていた。わたしは長い生涯のあいだに、沈着冷静さの裏に愛情への憧憬《しょうけい》をかくした人間を何人も見てきた……が、ヘイズにかぎっては、これは該当しなかった。かれがつねにおだやかにおちついていたのは、たぶんほかの人間よりもずっとたくさん、死線をこえてきたからにちがいない。

「もう後任を決めたのか？」わたしはなにげなくたずねた。

それでもかれはスクリーンから目をはなさない。われわれの侵攻から故郷星系を防衛しようとしているあの異星の宙航士たちのほうが、たぶんわたしよりも近しいものに感じられるのだろう。

「あなたは自分であらたなハイ・シデリトを決めたいんでしょう。まもなく船を降りるから」

わたしは微笑をおさえた。操縦士がHÜバリアとパラトロン・バリアを最強に切りかえる。偶然の直撃を避けるためだ。《ソル》が瞬間的に大きく揺れないように。

「この年になると、伝統が大切に思えてくる」わたしは答えた。「保守的になるといってもいい。存命中に後継者を決め、その名前をセネカにプログラミングしてきたのは、つねにハイ・シデリト本人だった」

ヘイズがゆっくりと振りかえった。肉体の虚弱さのせいで、きわめて慎重だ。フィッシャーが触手二本をわきの下にのばし、支えている。これがヘイズ以外のだれかだったら、あわれみを誘う、悲劇的な場面となっただろう。だが、かれはあくまでも果敢に、気力に満ちているように見えた。

「ときどき、セネカがつねに正しい名前を告げているのだろうかと思うことがあります。わたしはほんとうにチャート・デッコンから指名されたんでしょうか？」

「たしかに、セネカはすこし狂っているところがある。だが、これに関しては正常だ」

もちろん、これは罪のない嘘だった。二十年前にわたしが……ふたつの力の集合体のあいだにある無人宙域のはずれで……《ソル》に乗りこんだとき、すでに巨大船載ポジトロニクスはすこしおかしくなっていた。これまでのところ、不具合の特定と修理は成功していない。

二十年にわたり、旅をつづけてきたのだ。この筆舌につくしがたいオデッセイはそもそも、地球暦三五八六年十二月二十四日、ペリー・ローダンがソラナーにこの巨大船を託したときにはじまった。

わたしの物思いはそこで破られた。クラン艦隊の第二波が怒った虫の群れのように押しよせてきて、船内警報が鳴りひびいたのだ。

《ソル》は星系内を直進し、一発も応戦はしていない。クラン人にとって、真の衝撃が目前に迫っていた。惑星クランの周回軌道にはいったら、クランドホル星系の住人に対し、ただちにテレカムで語りかけるつもりだから。

わたしの意識は一瞬だけ宇宙空間の状況に集中し、すぐにまた過去の回想にもどった。三五八七年十一月十日、わたしは物質の泉の彼岸に消えた。なかば狂気に冒され、オルバナショル三世が生存すると思いこんだまま。この幻覚からは、コスモクラートがすぐに目ざめさせてくれた。

コスモクラート！

わたしはかれらの生存域に滞在していたが、その存在形態はとうとう判明しなかった。説明によると、かれらは進化した物質の泉から生まれ、それがさらに進化することで、ポジティヴな超越知性体になるのだという。

そのことを真剣に考察すると、わたしはいつも不機嫌になった。自分にはその意味を理解できるだけの理性がいまだそなわっていないことを、思い知らされるだけだったから。

いずれにせよ、コスモクラートからうけた指示ははっきりしていた。

超越知性体セト＝アポフィスと〝それ〟の力の集合体のあいだに〝和平空間〟をつくり、そこに強大な星間帝国を建設すること。それにより、ふたつの力の集合体に属する種族間の直接対立を回避させるのだ。

二十年前の三七九一年三月四日、わたしは放棄された宇宙ステーションで数人のバーロ人に発見され、《ソル》に連れていかれた。ペリー・ローダンの古い長距離宇宙船は当時、マウストラップ星系第七惑星オサスの牽引ビームに捕まり、万事休したと思われていた。船内はとんでもない状況で、ハイ・シデリトのチャート・デッコンひきいる〝ソル共同体〟が、全乗員を奴隷化していた。船内を正常化し、コスモクラートが重要と考える状況を実現するには、多大な努力が必要だった。

わたしはふと、船内にいくつもあるクロノメーターに目をやった。

地球暦三八一一年九月十六日……だが、こんな数字になんの意味がある？

地球はまだ存在するのか？

ペリー・ローダンは、ブルは、ロワは、わたしの友たちは、まだ生きているのか？

かれらはわたしが生きていることを知っているのだろうか？

そんな思いを頭から閉めだす。長く考えていると、ひどいショックをうけるとわかっていたから。

《ソル》がヴェイクオスト銀河で活動するのは、これがはじめてではない。無人宙域のはずれに向かうずっと以前に、この宙域を通過したことがあった。《ソル》の宙航日誌によれば、多数の叛乱者……冤罪《えんざい》をふくむ……が追放され、未開惑星に置きざりにされたという。わたしは機会がありしだい、その子孫たちを探しだし、船に収容しようと決意していた。

そのときはクランドホル星系には立ちよらなかったらしい。ここの座標はわたしがはじめて船載コンピュータに入力した。

わたしはこの任務に、どこまで深いりすることになるのだろう。

コスモクラートはわたしのなかにはげしい炎をともし、それは任務を完遂しないかぎり、消えそうになかった。操り人形にすぎないのかもしれないが、自分の行為は必要なものだと思っている。

「アトラン！」

甲高《かんだか》い声に物思いを破られ、わたしはたじろいだ。

ジェシカ・ウーロトだ。複数いる副長のひとりで、船内ではヘイズが彼女を後継者に指名すると信じられている。ジェシカはシートから勢いよく立ちあがり、怒りに震えながらスクリーンを見つめた。眉間《みけん》にしわをよせ、赤い唇をひきむすび、頬骨が目だっている。気分がおだやかなときは美しい女性だが、最後にそんなようすを見たのはいつのことだったろう？

「かれら、なんという恥知らずでしょう、アトラン！」彼女はまっすぐにスクリーンを指さした。クラン艦がますます《ソル》に接近し、原始的なレーザー砲を斉射して、バリアを燃えあがらせている。「教訓をあたえるべき時期だと思います」

「いや、ジェシカ！　あの者たちとは友になるべきことを忘れるな！」

「向こうはこちらを友だなどとは思っていません！」

「どうしろというんだ？」わたしはたずねた。

「すくなくとも、船首から警告射撃すべきです。友といっても、敬意は必要です」

わたしはヘイズに向きなおった。

「ハイ・シデリトの意見は？」

ヘイズは笑みを浮かべようとしたらしいが、その顔の表情は、とてもそうは見えなかった。

「このままのコースを進み、予定どおり惑星クランの周回軌道に乗ったほうが、相手にあたえる印象は強いと思います。そのあと呼びかければいい」

ジェシカはちいさく悪態をつき、ふたたびシートに腰をおろした。両手で操縦装置を握る。二十年以上前なら、彼女はたぶん《ソル》の指揮階級を駆けあがっていただろう。さいわい、そんな時代は過ぎさった。

「バーロ人のだれかが外に出なくてはならなくなったら、どうしますか？」操縦士のひとり、サムゴ・アルツがたずねた。

当面、それが唯一の心配ごとだった。宇宙人間が危険な状態になる前に、なんとかしてクランに到着したい。宇宙人間、すなわちバーロ人は、三五八六年十二月二十四日に生まれた最初の宇宙ベビーにちなんで命名された。かれらは定期的に宇宙服なしで宇宙空間に出る必要がある……その特異なメタボリズムのせいで。

このバーロ人がヴァルンハーゲル・ギンスト宙域で、いま《ソル》の貨物室に保管してある奇妙な共生体を採取したのである。ちいさな虫のようなマシン構造物だ。わたしはコスモクラートの指示でそれを惑星クランに持ちこみ、住民の知性化を促進させることになっていた。

ヴァルンハーゲル・ギンスト宙域で見た巨大なスプーディの雲は、けっして忘れることなどできないだろう。生涯に目にしたなかでもっとも美しく、もっとも不気味な光景だった。スプーディとはじつのところなんなのか、と、むだに思索をめぐらせたもの。マイクロ・ロボットか、半生体存在か、それともまったくべつのなにかか？

無数のちいさな個体のなかで発見したとりわけ大きなスプーディが、フィッシャーだった。

だが、どうしてヴァルンハーゲル・ギンスト宙域に、スプーディの大群落が存在するのか？　だれが、なんのために集めたのか？

その答えがいずれわかるのかどうか、わたしは知らない。コスモクラートなら答えを知っているだろう。いつかわたしが充分に成熟したと思ったら、すべての情報を教えてくれるかもしれない。

「バーロ人は問題が生じたら報告してくるだろう」と、アルツにいう。「どうするかはそのとき決めればいい。必要なら現在の機動を中断し、もっとしずかなポジションに移動して、そこでバーロ人を降ろせばいい」

ヘイズがテルコニット鋼の歯をきしらせた。はじめて聞く者は、骨の髄まで震えあがる音だ。

「そんなことをしたら、逃げだしたと思われてしまいます！」

いつもながら、かれははっきりと事態をとらえ、直言してくる。

わたしはスクリーンに注意をもどした。探知機によると、白い宇宙船は三百隻ほどいるらしい。クラン艦隊のほぼ全艦だ。

クランドホル星系の外に出ていて、探知機がとらえていない艦もあるはず。だが、それらもすぐに呼びもどされ、予期しない侵略者に対抗する戦列にくわえられるだろう。

コスモクラートの情報によると、クラン人は千年ほど前から宇宙航行をしていたが、星系外に出たのは百年以上前の、ルゴというクラン人がはじめてだったそうだ。

わたしは突然、自分の使命の重さを意識した！

わたしの役割は、神にも似た存在として未開な原住種族の前にあらわれ、たちまち相手を屈服させるといったものではない。クラン人は急速に文明を発展させている誇り高い種族だ。異人をすぐにも師として迎えいれることなど、けっしてないはず。

わたしはコスモクラートの意を体《たい》し、その役割を完璧にこなさなくてはならない！

計画のひとつは、実行の時が訪れたと思われるいま、細かいところまで完全に記憶さえしている。

そのときまた、自分はコスモクラートにプログラミングされた操り人形だという思いが頭に浮かんだ！

ただ、いつでもひきかえせるという意識もあった。わたしが命令すれば、作戦は中止される。

船内でもヘイズだけは、わたしの内奥の思考と感情を読みとったらしく、しずかにこういった。

「疑念はないのですか？」

わたしは驚いてかれを見た。何度か詳細を話しあったことはあったものの、かれがすべてを知っているはずはなかったから。

わたしはゆがんだ微笑を浮かべた。

「自分のすることに絶対の確信を持っている者などいない」

わたしは内心の声にじっと耳をかたむけた。特殊な感覚が、なにか助言してくれるのを期待したのだ。だが、この件に関しては、助力はないらしかった。

そのあいだにも《ソル》は外惑星軌道を通過し、目的地に接近していた。十八ある惑星のうちの第四惑星、クランに。

ヘイズとわたしは無言で視線をかわした。かれがまだ感情をおもてに出すことができたなら、それは今後のなりゆきを見とどけられないことへの、失望の表情だったろう。

かれの病はそれほど重篤《じゅうとく》だった。

きょうまで生きのびるために、どれほどのエネルギーを振りしぼってきたのだろう？

わたしには知りようがない。この二十年間、乗員たちを人間的観点から見るための時間がほとんどとれなかったことが、わたしを暗い気分にさせた。

「アトラン」ヘイズがかすれた声でいった。「彼岸がどんなところだったか、おぼえていないのですか？」

いいたいことはわかる。

「ああ、なにもおぼえていない」

「残念です」かれはかぶりを振った。「死を目前にして、ぜひ知りたかったのですが」

「天国ではなかった、ブレック……そういう意味でいっているなら」

ヘイズはどういう意味でいったのか告げないまま、壊れた顔をふたたびスクリーンに向けた。ときどき思うのだが、バイオモル・プラストでメーキャップしていたほうが、本人にとってもわれわれにとっても、よかったのではないだろうか。

わたしはかれの視線を追い、白い艦隊を見つめた。艦内ではクラン人が懸命に砲撃しているはずだ。かれらがクランドホル星系で異知性体と出会うのは、たぶんこれがはじめてだろう。

「どうしてわれわれを敵だと思うのでしょう？」技師のひとり、ウルトルミチがたずねた。

「われわれ、敵ではないのか？」と、ヘイズ。

反論する者はいなかった。長年にわたり決定的な命令をくだしてきたのはわたしだが、ハイ・シデリトの言葉はまだ、《ソル》内でそれなりの力を持っている。

ヘイズの言葉はわたしをとまどわせた。

かれはこの件に関して、わたしの半分も陶酔感をおぼえていないようだった。ヘイズはコスモクラートの手先ではない。クラン人に対する自分の立場をありのままに語っているだけだ。招かれざる侵入者、という立場を。

「向こうの利益になることなのだ」わたしの言葉は自己弁護めいていた。

「われわれ、あの者たちに大きな炎をあたえることになります、アルコン人。点火してしまったら、だれにも消すことはできません……あなたにも」

2　現在……

信じられないほど長いあいだ存在していた、むきだしの意識が突然に落下して、まるまった肉体のなかにつっこむ。からだがはげしい衝撃を感じた。

精神があまりにも長くはなれていたため、肉体はじゃまで息苦しいものとしか思えず、わたしは降格された気分になった。

しばらくは争いがつづいた。一方では精神が肉体からはなれたままでいようとし……他方ではそれを肉体にもどそうとする力が働いている。

二百年近く使われていなかったこの外殻が、機能するのかどうかもわからない。軽《かろ》やかな精神だけになり、肉体を使わずに問題ととりくむ状態が、とても気にいっていたのはまちがいなかった。

魅了されていたのは、肉体に由来する危険がないことか？

卓越した知性を得たことか？

大きな権力を持っていたことか？

肉体がゆっくりと深い眠りから目ざめ、自分でもそのことを意識したいま、わたしは明らかな苦痛を感じていた。心臓がはげしく鼓動しはじめ、ハンマーのように胸を打つ。血液がまるで沸騰するように血管を駆けめぐる。筋肉がこわばる。目に強い圧迫感をおぼえ、耳の奥には鼓動にあわせたリズミカルな音が響いた。

〈リコ！〉思わずそう呼びかけた。

だが、わたしの世話をするロボットはいない。いまいる場所も、大西洋の海底ドームではなかった。

異銀河だ。

そのとき、叫び声が聞こえた。

「ア・ト・ラ・ン！」

二百年近く音声を感知していなかったわたしの聴覚は、その負荷に耐えられそうもなかった。手足を動かすことができる状態だったら、苦痛にのたうっていただろう。

肉体からはなれないと！　完全な精神体にもどるのだ。

〈ばかめ！〉心の奥から声が響いた。〈おまえは一度も、肉体から完全にははなれてなどいない〉

わたしは衝撃をうけた。

付帯脳が語りかけてきたのだ！

この二百年間、どうやって生きのびていた？

特殊な機能を実行したのか？

〈肉体活動は最小限におさえられていた〉ふたたび付帯脳が報告する。〈おまえをすべての桎梏《しっこく》から自由にするために〉

たしかに、自由だった。

わたしは肉体をはなれ、大きな波に乗っていた。意識にはなんの問題もなく、決断もくだすことができた。肉体的なストレスは存在せず、個人の意識が肉体の代謝機能に押しつけられる、さまざまな面倒もかからない。

だが、ほんとうに自由だったのか？

からだが動いた。動きが徐々に力強くなる。わたしが抵抗すればするほど、その状態をしっかり記憶にとどめようとするかのようだ。

なんという記憶だろう！

人跡未踏の海岸を、ひたすら走っている姿が思い浮かぶ。風がうなりをあげ、顔はひんやりと心地よく、素足の下には柔らかな砂を感じ、波の上には巨大な鳥がとまったように、白い波頭が見えている。

舌には甘い果実の味があり、その歯ごたえさえ感じる。

自由だと？

むしろわたしの意識は、とらえどころのない状態のなかに閉じこめられていたのではないのか？

目を開く。

見える！

ずっと見てはいたのだ。目ではなく、もっと機械的な手段で。だが、自分の目を通してこそ、〝ほんとうに〟ものを見ることができる。脳が全面的に反応する刺激は、自分の目でしか伝えられない……輪郭も、陰影も、色あいも。

わたしの前にソラナーがふたり立っている。男女ひとりずつだ。もうひとり、反重力担架《たんか》に横たわった男もいて、サッカーボールほどの大きさのスプーディ塊にチューブでつながれている。すこしはなれて、公爵カルヌウムが特徴的な制服姿で立っている。負傷した公爵グーは、やはり担架の上だ。そのそばにはフィッシャーが浮遊していた。

ソラナー三人のことはもちろん知っていた……サーフォ・マラガン、スカウティ、ブレザー・ファドンだ。わたしのもとめに応じ、水宮殿《みずきゆうでん》にやってきた者たち。マラガンは以前にもここにきたことがあった。第五十回ルゴシアードにおいて、エドヌクでターツのドエヴェリンクを破ったときのことだ。

わたしは二百年前のことを思いだした。《ソル》をはなれ、〝クランドホルの賢人〟となり、ヴェイクオスト銀河に追放された叛乱者とその子孫を救出するよう命じたことを。

そのさい、惑星キルクールのことは忘れられていた。これもまたセネカの不具合のせいだったのだろう。

だから、はじめてベッチデ人の存在を耳にしたときは、ずいぶん驚いた。それがいま、こうしてようやくわたしの前に立っている……わたしが賢人としてすごしてきたなかで、もっとも重要なこの瞬間に。これは誇張ではない。

わたしの名前を呼んだのはベッチデ人三人のひとり、ファドンだろう。質問を口にしようとしたが、わたしはまだ肉体を充分に制御できておらず、唇がぴくりと動いただけだった。

どこでわたしの名前を知った？

ファドンとスカウティに見つめられているのを感じる。

そのとき、カルヌウムが低い笑い声をあげた。頭をそらし、左右に振っている。だが、その表情はゆがんでいた。

「見るがいい、グー」と、もうひとりの公爵に呼びかける。「われらが敬愛する賢人は……スプーディ船の一技術要員だったのだ！」

＊

肉体と精神に同時に衝撃をうけるのは、わたしがふたたび慣れなくてはならないことのひとつだった。カルヌウムとグーが〝クランドホルの賢人〟の正体を知って、事態が悪化したのがわかった。兄弟団のいっていたことが正しかったように見えているのだ。

不思議なことに、グーの反応は抑制的だった。あまりに弱っていて、その怒りがわたしには感じとれないだけかもしれないが。

肉体がまだうまく制御できないので、わたしは賢人として利用していた通話装置を使うことにした。それを通じて賢人の従者や、公国の市民たちと話をしていたのだ。声は合成音声で、わたしとつながったスプーディを通して送られる脳インパルスにより作動する。

「すこし時間をくれ」わたしは集まった者たちにそう告げた。「この肉体は長く深層睡眠状態にあった。賢人という役割は、精神だけが覚醒してはたしていたのだ。わたしの脳とスプーディの群れが統一知性を構成し、大きな力を発揮していた。グーとカルヌウムにはすでに説明したとおり、この統一知性が先を見通し、計画をたてていた」

見ると、カルヌウムの顔には血管が浮きあがっていた。あまりの衝撃に、興奮しきっているらしい。このショックは乗りこえられないかもしれないと思えた。クランドホル公国にとっては深刻な事態だ。グーとマラガン同様、カルヌウムも必要な人材だから。

「なるほど」大柄なクラン人はいった。「これではっきりした。われわれ、異人の道具

うに。

そんな感情は排除してやらなくてはならない。かれがものごとを合理的に考えられるよ

カルヌウムははっきりそういったあと、ふたたび憎悪に満ちた思いに沈みはじめた。

だったのだ」

「公爵カルヌウム」合成音声のまま、真摯な口調で告げる。「わたしはこの二百年、きみたちにつねに正しい助言をしてこなかったか？」

「すべて自分のためでしょう！」カルヌウムが大声をあげる。「われわれクラン人にとって、巨大な星間帝国の建設になんの意味があるのです？」

「それが野心家カルヌウムの言葉か？」わたしは皮肉をこめて反論した。「きみの友、グーに無断で、全権力を自分に集中させようとしたではないか！　認めるのだ、カルヌウム！　公国を単独で統治するのが、きみの夢だった。つい最近まで、自分の権力を拡大できるなら、どんなことでもするつもりだったはずだ」

肘をついてわずかにからだを起こしたグーが弱々しく微笑した。

「賢人はきみのことをよく知っているようだ、カルヌウム」ちいさな声だが、ホールのすみずみにまでとどく。「実際、間違っていない」

そのあいだにも、わたしは現状でできるかぎり、からだを動かす練習をはじめていた。

もちろん、いまもわたしにつながった数百万のスプーディが、輝く雲のように頭上に浮

遊していることは忘れていない。へその緒に似たチューブでつながっているかぎり、急激に動く危険は冒せなかった。予期せずに接続がとぎれたら、どんなひどいことが起きるかわからない。

そもそも、訪問者にかまけている時間はほとんどないのだ。各地から集まる報告は、不安が増大しつづけていることをしめしている。内政問題がここまで大きくなるとは予想していなかった。

兄弟団は着実に支持を集め、いまやあらたな一大政治勢力として台頭している。クランは一触即発だった。水宮殿や《ソル》の周囲で、いつ不満が爆発しても不思議はない。各都市でも危険は高まっていた。内戦でも勃発すれば、二百年の努力が水の泡だ。考えただけで眩暈《めまい》がする。

だれかのうめき声が聞こえ、しばらくして、ようやくそれが自分の声だと気づいた。おのれの声を忘れていたのだ！　ずっと耳にしていなかったので、驚いてしまった。

〈主導権を握るのだ！〉付帯脳がわたしをうながした。〈いまならまだ、どういう行動をとるべきか、だれもが決めかねている。だが、ぐずぐずしていると手綱を握られ、おまえは最後のチャンスを失ってしまうだろう。そうなったら、あとは大混乱だ。コスモクラートがおまえを選んでまかせた計画が、完遂できなくなってしまうぞ〉

その計画の範囲を、そもそもわたしは把握できていないのだが。

ひとつたしかなことがあった。賢人としてのわたしの役割は終わったということ！　クラン人はもう、異人の助言を必要としていない。その段階を脱したのだ。これで終わりになる……どういうかたちであろうと。

「公爵たち！」やはりまだ、自分の声では話せない。「ふたりとも、このピラミッドの外がどうなっているかは承知しているはず。帝国の瓦解《がかい》がきみたちの望みではないだろう」

「もうあなたには関係ないことです！」カルヌウムが即座に応じた。

攻撃的になっている。わたしとしては、かれが短慮から性急な行動に出ないことを願うだけだ。賢人の従者と、あちこちにかくされた警備手段の存在から、なにをしても公爵にチャンスはない。そうはいっても、全員の目の前で敗北させるのは望ましくなかった。たちなおれない痛手となってしまうだろう。プライドの高いカルヌウムは、自分やわたしをおとしめる事態が許せないのだ。かれがいまわれを忘れたら、わたしはかれをつねに敵とみなさなくてはならなくなる。

またしても、グーが仲介役となった。

「とにかく、まず賢人の話を聞いてみようではないか」

わたしは首を横に動かすのに成功した。ずっと使っていなかった肉体は、まるで鉛のように重い。ある意味、わたしは新生児のようなものだった。

内心、思わずぞっとする。

いずれはまた走ったり、手を動かしたり、しゃべったりできるようになるのだろうか？　この二百年で、肉体はもう、まともに動かなくなってしまったのでは？　それがこの役割の代償ではないのか？

そのとき、意外にもファドンが口をはさんだ。

「アトラン」その口調は冷静だった。「われわれの見るところ、あなたはベッチデ人でもソラナーでもない。いったい何者で、なにをしようとしているんです？」

やれやれ、と、わたしは思った。いまはそんなことを話しているときではない。そのことは理解させせないと。

舌は口のなかでかたいゴムのようだ。しわがれた声が漏れるたびに、咽頭《いんとう》が予期せぬ動きをする。

全員がわたしを見つめていた。

その目つきから、わたしを怪物だと思っているのがわかった。

突然、立ちあがってかれらと話したいという欲求がわたしを圧倒した。両腕と両脚が痙攣《けいれん》し、スプーディがおちつかないインパルスを発する。

そこに水宮殿の外から報告がとどいた。

「公開回線に、二公爵の共同声明が流れようとしています」

わたしは耳を疑った。どういうことだ？　ツァペルロウは死に、カルヌウムとグーはここにいる。共同声明はほんものではないということ。まさか兄弟団が……？

この考えを最後までつきつめるのはやめた。

ふたたび合成音声で、両公爵とベッチデ人に語りかける。

「すこし待て！　わたしは外で起きている事態に対応しなくてはならない」

かれらは不信感をかくそうともしなかったが、いまはそんな場合ではなかった。

数分ほど、ふたたびスプーディの群れと一体化する。二百年にわたりやってきたことだ。ただ、違いもあった。いまは自分の肉体を意識している。

「声明はどこから送信される？　確定できるか？」

この言葉は水宮殿の訪問者たちには聞こえない。適切にブロックしているから。

回答をもとめた相手は賢人の従者のひとり、スキリオンだった。外部世界とのコミュニケーションの責任者だ。隣接する部屋のひとつで、通信装置の前にすわっているはず。

「テルトラスからです！」と、すぐに返事があった。

クランドホルの公爵の宮殿だ！

何者かが侵入に成功したらしい。いまのところ、兄弟団とは考えられない。この背後にいるのは、未知のクラン人ではないだろう。責任ある立場の者が関与しているはず。

問題は、それがだれかだった。

宇宙港の管理責任者、チリノか？

かれの忠誠心は信じているが、チリノは技術官僚だ。これほど劇的な展開には、想像力がついていかないだろう。

最高裁判長のジェルヴァか？

たしかに若くて決断力のある女性だが、政治的なタイプではない。この状況に動揺しているはず。

背後にいるのは公爵グーの側近たちにちがいない。

あの一団は、以前から判断しにくい権力ファクターだった。こんなことをしたのが、だれであってもおかしくない。ムサンハアル、アルツィリア、ほか全員が対象になる。

建築部門のチーフ、クリトルかもしれない。本心がつかみにくく、最近の報告でヘスケント地区にいたことがわかっている。

防衛隊の女隊長はどうだ？

ありえる。公爵グーの側近でないとしたら、のこるのはシスカルだけだ。

「声明の文書を記録して、すぐにわたしに転送しろ」と、スキリオンに指示。

「いまならまだ妨害できますが」かれはわずかにためらったのち、応答した。

「だめだ。発表させろ。だれがやっているのか知らないが」

「ヘスケントで問題が起きました」べつの従者が通信室から報告してきた。

きょうは悪いニュースしかはいってこないらしい。

「コンピュータ施設との連絡が次々にとだえています」従者のソラナーが報告をつづける。「まもなく、完全に連絡が絶たれそうです」

「まもなく」と、知らず知らずいっていた。「わたしはクランドホルの賢人ではなくなる」

相手は驚いたらしく、応答はない。

長い中断のあと、ふたたびスキリオンから報告があった。

「共同声明の発表がはじまりました。転送しますか？」

「もちろんだ！」

短い雑音のあと、聞き慣れたシスカルの声が流れてきた。

「クランの市民たち！」と、呼びかけている。

わたしは接続を切った。安堵感が押しよせる。いま信頼できる者がいるとしたら、シスカルこそそれだった。その聡明さで、カオスをしずめてくれるはず。彼女の演説なら、事態は一段落するだろう。そのあいだに水宮殿での議論をまとめてしまわなくては。

わたしは両手を開いたり閉じたりしてみた。ひどくむずむずする。

訪問者たちのいらだちは、無視できないほどになっていた。

「友よ」わたしは苦労して声を押しだした。「相談しようではないか」

それはほぼ二百年ぶりにわたしの口から出た言葉だった。なんという感覚だろう。

「時間がありません」グーがいった。かれだけは、事態を正確に評価しているように思える。

「わかっている。だからこそ、とりわけ重要なのは、わたしの後継者の選定だ」

だれもが唖然とした顔になった。後継者などいるはずがない。そう思っている顔だ。

かれらがはじめて直接目にした、こんな任務の後継者など。

かれらは驚くことになるだろう！

3 当時……

《ソル》がクランの周回軌道に乗ると、惑星住民はわれわれに計画をあきらめさせようと、原始的な宇宙船四隻で最後の絶望的な試みに挑んだ。四隻は衝突コースを進んでくる。自分たちの武器が《ソル》の防御バリアを突破できないと知って、体あたりしようとしているのだ。

サムゴ・アルツは警告を発した。

「それでいい」と、わたし。

「自殺行為です」操縦士がいう。「相手が死んでもいいのですか？」

「もちろん、だめだ」わたしはそう答え、テレカムに向かった。

テレカムはすでに送信にセットされ、トランスレーターも作動していて、わたしの言葉はすべてクランドホル語に通訳される。コスモクラートはわたしが困難に直面することを予想していて、必要な知識をあらかじめあたえてくれていた。不思議なことに、《ソル》での意図しない二十年間のオデッセイのあとでも、その知識を忘れることはなかった。

メッセージをうけとったクラン艦の艦長たちは、どんな顔をするだろう。

「クラン人よ」と、はじめる。「われわれは敵ではない。ここまで長い旅をしてきて、きみたちの文明と出会えたのをよろこばしく思っている。それを支援するのが、今後はわれわれの明確な目的となるだろう」

スクリーンに目を凝《こ》らし、四隻のコースを観察。変化はない。わたしは悪態をついた。

「回避機動の準備だ、サムゴ！」と、憤然と命令。

そのとき、クラン艦が通信回線を開いた。テレカムのスクリーン上に奇妙な顔があらわれる。わたしは反射的に狼を連想した。もちろん、そこにはもっとずっと高い知性が感じられたが。〝狼〟にはライオンのようなたてがみがあった。いかにも頑健そうで、周囲に見える装置は人類のものと似ているが、その身長は人間よりも頭ひとつ高いだろう。

「わたしはグルドゥだ！」吠えるような言語だった。いいながら頭をうしろにひいたので、たてがみがなびく。その好戦的な、ほとんど自制が感じられない態度に、わたしは感銘をうけた。手痛い敗北も、かれの勇気と決意を揺るがすにはいたっていないようだ。

わたしは思わず、数世紀前のテラナーのことを考えた。多くの点で、両者はよく似ている。

「そちらの四隻を帰還させろ、グルドゥ」向こうには、こちらの姿は見えていない。わたしの姿をクラン人に見せる予定はなかった。アルッに合図し、とりきめどおり、一ソラナーの姿を表示させる。

「われわれの星系から出ていけ！」グルドゥが要求する。

ほっとしたことに、威圧的な言葉とは裏腹に、四隻は制動噴射をかけ、待機ポジションについた。クラン人操縦士たちも、このなりゆきに、われわれ同様に安堵したはずだ。決死の覚悟で接近してきたはずだから。

「そちらの政府と交渉したい、艦長。われわれに疑念をいだいているのだろうが、それにはまったく根拠がない。この船は長く宇宙をさまよっていて、母港をもとめている。われわれ、宇宙放浪に疲れているのだ」

わたしに関するかぎり、これはまったくの真実だった。

「きみらは何者だ？」と、グルドゥ。

その目は物騒な光をたたえている。わたしはこの知性体種族の信頼を勝ち得るのに、数週間、数カ月という時間がかかることを覚悟した。コスモクラートはなにもいっていなかったが、グルドゥの目を見れば、物質の泉の彼岸にいる存在が考えぬいた選択をしたことは明らかだった。

「われわれ、ソラナーという。《ソル》という この船の名前が由来になっている」

「ほかの惑星からきたのではないのか？」

「もともとはそうだが、遠い昔のことだ。故郷世界は、このヴェイクオスト銀河には属していない」

その情報はあわれなグルドゥにとって、筋の通らない、うけいれがたいものに思えたろう。だが、かれは賞讃すべき自制心をしめした。頭のなかでさまざまな情報をどう整理しようとしているか、目に見えるようだ。わたしの望みはただひとつ、かれが政府に話を持っていき、このあらたな状況を説明することだけだった。もしかすると、惑星クランでは、このテレカムでのやりとりを傍受しているかもしれない。

「もう一点」と、急いでつけくわえる。グルドゥに深く考えさせ、拙速《せっそく》な結論に飛びつかせないようにするためだ。「そちらの許可がないかぎり、宇宙船を着陸させるつもりはない。とにかく、政府と交渉させてもらいたい。そのための代表団を派遣するつもりだが、それもそちらが許可すればの話だ」

グルドゥの集中力が切れはじめていた。これなら、惑星上のもっと重要な地位にいる者に、あとをまかせようとするだろう。

ブレッククラウン・ヘイズが通信を切るよう合図し、わたしがそのとおりにすると、苦い口調でこういった。

「あのクラン人という連中、たいしたものじゃないですか。われわれの手助けなどなくても、大星間帝国をつくりあげるでしょう。われわれも、積み荷のスプーディも、必要なさそうに思えます」

「たしかに、時間の問題だろう」わたしは答えた。「こんなふうに発展に介入するのは、わたしも気にいらない。だが、自然に発展するのを待っている時間はないのだ。すぐにも強大な星間帝国を建設しないと、対立するふたつの力の集合体に属する種族どうしの戦争に、かれらが巻きこまれる危険がある」

ヘイズは骨ばった肩をすくめた。

「証明のしようもない話ですな」と、断定的にいう。「あなたが聞いた話を信じるか……信じないかしかありません」

まったくそのとおりだ！　それがわたしの計画の最大の弱点だった。わたし自身、強い疑いに苦しんでいるのだ。だが、それがコスモクラートの話を信じる根拠でもある。かれらがその気になれば、計画の正当性をわたしに信じこませることなどかんたんだったはずだから。

グルドゥがふたたび話しかけてきた。

「後退することを要求する。そちらの船が軌道にいるかぎり、交渉には応じられない」

わたしは嘆息した。こうなると思っていたのだ。

「ま、いい。ここは向こうの顔をたてておこう」

マイクロフォンのスイッチをいれる。

「そちらの要求にしたがう用意がある、グルドゥ艦長」

クラン人の要求は予想の範囲内だった。《ソル》のような船が周回軌道上に存在することの危険は、充分に承知しているだろうから。

遠距離探知スクリーンにはクランの首都らしい都市の一部がうつっていた。広大な平原の中央に位置している。コスモクラートの計画がうまくいけば、そこはわたしのあらたな故郷となるはず。いまのところ、まだ問題は山積しているようだが。

二十年前、ある宇宙ステーションにいたわたしは、《ソル》がそばを通過したさい、バーロ人数人に発見された……コスモクラートの思惑どおり。その思惑により、わたしは物質の泉の彼岸で二百年以上をすごしたわけだが、そのあいだの経験をなにもおぼえていない。

そのことはできるだけ考えないようにしていた。まるで、だれかに人生の一部を盗まれたような気分になるから。ただ、三五八七年から三七九一年までのあいだ、ずっとコスモクラートといっしょだったという確信はなかった。あの奇妙な生命形態から依頼をうけて、べつの任務に従事していたのかもしれない。その記憶は失っているが。クラン人に対する計画の準備だけで、コスモクラートが二百年もの時間を必要とするとは思えなかった。

それとも、物質の泉の彼岸では、時間に意味などないのか？

ときどき悩まされる謎めいた悪夢は、そこに滞在していたことに関係があるのかもしれない。夢のなかでは、なんとも説明のつかない環境に、異形《いぎょう》の者たちがあらわれるのだ。頻度はすくないが、その影響は長くつづき、集中力が落ちたり、神経質になったりする。

テラのミュータントなら、わたしの意識をのぞいて、質問に答えられるかもしれない。だが、テラは遠く、ペリー・ローダンをはじめとする友たちにふたたび会えるのかどうか、疑問を感じることさえあった。

サムゴ・アルツに指示して、《ソル》を後退させる。アルツは顔をしかめた。自分の思いどおりにさせてくれたら、こんな時間をむだにすることもないのに、と、いいたげだ。

だが、かれはクラン人に関するわたしの計画が完了するまで生きてはいない！

不死者の考えと行動は、常人とは異なるもの。わたしはあらためてそのことを意識した。

「どこまで後退すればいいか教えてくれ」と、テレカムでグルドゥに要請する。

伝えられた座標は、第十四惑星と第十五惑星の公転軌道の中間だった。ずいぶん遠くで、クラン人の用心は度が過ぎていると思えた。とはいえ、《ソル》の速度であれば、第八惑星軌道でも第十八惑星軌道でも、クランに到達する時間は数分しか違わない。

船内時間で三時間が経過し、ようやく惑星クランから通信がはいった。《ソル》代表団の訪問を認め、ソラナーとの会見の時期を決めたいという。

「きみの出番だな、ブレック」わたしはヘイズに声をかけた。「計画を完遂できるかどうかは、きみの交渉能力にかかっている。わたしをうまくクラン人に売りこんできてくれ」

ハイ・シデリトはわたしを見つめた。

「クラン人に国家間の対立はないと思っているのですか？」

わたしはゆっくりとうなずいた。

「かつては戦争もあったかもしれない。だが、宇宙空間で見るかぎり、ひとつの種族にまとまっていると思える」

ヘイズは笑みを浮かべようとした。

「それがどういう意味か、わかりますか？」

「いや」

「根本的に考えて、〝われわれの〟立場が弱いということです」かれは皮肉っぽく答えた。

＊

スペース＝ジェットが降下した場所はデーメ・ダント平原といった。そこまではわかっている。わたしが同乗しないのは計画どおりで、ヘイズも同意のうえだ。ただ、惑星クランでの出来ごとは、わたしも同時に見聞している。ヘイズと二名の同行者には、手にはいるなかで最高の中継システムを持たせてあった。

クランドホル星系第四惑星に着陸を許されるソラナーが三名だけというのは、わたしには気にいらなかったが、クラン人は譲歩しようとしなかった。

S＝SJ＝23にはクラン艦の一部隊が護衛についた。わたしはひそかにおもしろがっていた。ヘイズは何度かスペース＝ジェットを宙返りさせ、クラン人は頸を折りそうな機動を余儀なくされたのだ。

ヘイズはフィッシャーを連れていた。あの奇妙な存在に、クラン人が反発しないといいのだが。フィッシャーがいなかったら、ヘイズはまず、この任務をまっとうできないだろう。

わたしはなぜ、ヘイズをクランに送りこむと決めたのだろう？

適任者はほかにもいた。ガヴロ・ヤールかジョスカン・ヘルムートを選ぶことも考えた。ブジョ・ブレイスコル、フェザーゲーム、スターファイアとともに、深層睡眠で眠っていた者たちだ。

ヘイズは死からよみがえった男……それがかれを選んだ理由だった。

〈おまえのような男が感傷に流されてはならない！〉付帯脳はそう主張した。

そうだな、と、わたしも同意した。

ヘイズに同行するのは経験豊富な女医のドゥーラ・メグラスと、わたしが信頼する老外交官のカル・ファロネンである。

わたしはスクリーンごしに惑星表面を観察した。もちろん、スペース＝ジェット内部も見える。やがて惑星クランの宇宙港、ブルセルが見えてきた。まるで軍事基地のようだ。たぶんそこに大規模な軍団が集結しているのだろう。いきなりわれを忘れる者が出てこないといいが。

わたしはヘイズに、なにがあっても自制するよう指示していた。

遠距離探知で観察した建物はピラミッド形をしていた。さらに南には建設現場が見え、第二の大都市が築かれているらしい。すでに以前からクランの放送を傍受しているので、惑星上でなにが起きているか、情報収集はすんでいた。

いまの政府の最高責任者は公爵ムンドゥウンで、映像もすでに目にしている。ひかえめな印象の、小柄な男だ。クラン人の年齢は見当がつけにくいが、若者ということはない。ヘイズが公爵に会えるかどうかは、まだわからなかった。代表団をうけいれることには同意したが、向こうの対応は依然としてよそよそしい。われわれを重要視していないと思わせようという意図を感じる。

わたしはヘイズにさまざまな装置を持たせ、協力すればクラン人の利益になることを、相手側に見せつけるつもりだった。スプーディをいれたちいさな金属ケースも持ちこんでいる。うまくいけば、ちいさな共生体にどれほどのことができるか、クラン人に披露する機会もあるだろう。

着陸には思ったよりも時間がかかった。ヘイズが動きの鈍いクラン艦に注意をはらわなくてはならなかったから。

最終的に着陸したのは、周囲をぐるりと武器にかこまれた場所だった。砲口はすべてスペース＝ジェットに向いている。この瞬間の乗員たちの気分は想像にかたくない。

グルドゥ艦長とは、かれが代表団を出迎え、宇宙港の管理棟まで案内するとの合意ができていた。ヘイズたちはそこで政府関係者と会談する予定だ。

「武器にかこまれたからといって、思い違いをするな」わたしはテレカムで三人に呼びかけた。「クラン人は、なんとしてもきみたちを、ぶじにわたしのもとに帰そうとするだろう」

一刻も早くわれわれを追いはらいたいはずだからな！　そういいそうになって、自制する。

見るとグルドゥが、護衛たちと同じように武器をがちゃがちゃいわせながら、スペース＝ジェットに近づいてきていた。クラン人側からすれば、実際にこちらの望みをかなえる気はなくても、かたちの上では要望にそっているといえるわけだ。

ヘイズとクラン政府側の会談が終われば、すべては変わってくるだろう。そう願いたかった。ハイ・シデリトがクラン人にこちらの立場を見せつければ、すくなくとも興味はしめすはず。

「外に出たほうがよさそうです」ヘイズがテレカムごしにいった。

緊張しているようすはない。当然だ。失うものがないのだから。

グルドゥと同行者たちは、のびだした斜路の前で足をとめた。スペース＝ジェットから出てきたソラナー三人を無言で迎える。ヘイズはフィッシャーに介助されていた。

ハイ・シデリトは斜路の途中で立ちどまり、周囲を見まわして、皮肉っぽく感想を述べた。

「こんな浪費は必要なかったのですがね、グルドゥ艦長」

ヘイズのトランスレーターがその言葉を通訳したが、クラン人はいらだつようすを見せなかった。この種の皮肉を解さないのかもしれない。

ヘイズとドゥーラ・メグラスとカル・ファロネンの三人は、クラン人にかこまれ、居ならぶ戦闘用車輌のあいだをぬけて、近くの建物に案内された。

「あれではまるで捕虜です、アトラン」と、アルツ。

「クラン人に、状況を支配しているのは自分たちだと思わせておかなくてはならないからな」ジョスカン・ヘルムートがいった。

「そのとおりだ」わたしはかれの言葉を追認した。

クラン文明の異質さが明らかになるにつれ、わたしは自分の計画が不条理なものに思えてきた。コスモクラートはなにか根本的な勘違いをしたのかもしれない。だが、どれほど疑念が大きくなっても、任務を放棄することは考えもしなかった。

今後のなりゆきは想像がついた……クラン人にとり、わたしはどこまでも異人のままだろう。

4　現在……

　シスカルの介入で稼げる時間はわずかだとわかっていた。兄弟団を過小評価することはできない。その背後にいる者たちは、すぐにシスカルの出した声明の弱点に気づき、両公爵の居場所を問いただすだろう。グーとカルヌウムがクラン市民の前に姿を見せることを要求するはず。

「役割を分担しよう」わたしは提案した。「カルヌウムはすみやかに水宮殿を出て、クラン人の前で話をしてもらいたい。なにを話し、なにをするか、われわれで正確に申しあわせておくことが重要だ」

「手札をすべてさらしてゲームをするわけですね」ブレザー・ファドンが口をはさむ。

　かれはクラン社会の政治状況について、両公爵やわたしほど精通しているわけではないが、その言葉は正しかった。クラン人は賢人に関する真実を知らなくてはならない。二百年にわたり、だれから助言を得ていたのかを。賢人の神秘のヴェールを剝ぎとるのだ。そうしないと、クラン人はこの先、うまくやっていけないだろう。

スキリオンに向きなおり、公国全体に向けて送信の準備をさせる。賢人の謎を解消するのだ。だれもが賢人の正体を知ることになる。きょう、謎が謎でなくなることを、はっきりさせなくてはならない。

「あとのことは心配いりません」グーがいった。「今後はわたしがその役割をはたしましょう」

カルヌウムが驚いてかれを見ると、小柄な公爵は苦しそうな笑みを浮かべた。

「このひどい負傷から回復するには、長い時間がかかるでしょう。自由に動きまわることはできませんが、水宮殿にとどまって、賢人の役割をはたすなら、動けなくても問題はないはず。もちろん、事情は公表します。公国のだれもが、いまは公爵グーが賢人をつとめていると知ることになる」

しばらくは沈黙がつづいた。だれもグーが本気だとは思っていない。

やがてカルヌウムが口を開いた。

「きみに賢人がつとまるはずがないだろう、グー！　クラン人が複数スプーディにどう反応するか、よく知っているはず。多数の共生体とつながれば、狂気と死が待っているだけだ」

「そのことは考えた」と、グー。「そんな危険にこの身をさらすつもりはない。だが、多数のスプーディにつながれた助言者がいれば、あきらめる必要はないだろう」

わたしはグーの言葉に、それまでにない驚きをおぼえた。つねづね公爵のなかでもっとも賢明で、先を見通す目があるとは思っていたが、それさえ過小評価だったようだ。

「たしかにその必要はない、公爵グー」わたしは口をはさんだ。「きみには助言者がいるから」

カルヌウムはグーとわたしに交互に目を向けた。

「それは合意事項なのか？」と、疑わしげにたずねる。「ふたりのあいだに秘密協定があるということか？」

グーは笑い声をあげた。

「なにをばかな、カルヌウム。ここにくるまで、わたしも賢人について、きみ以上のことは知らなかった。頻繁に連絡をとっていたわけでもない」

「だったら、助言者についてのいまの話はなんだ？　きみはこの異人と共同作業しようというのか？」

グーはわたしに同情の目を向けた。

「アトランと名乗るこの異人は、役を演じきったのだ」と、いう。「もう、かれをうけいれる者はいない。スプーディが公国を支配する時代も終わった。あらたな時代がはじまる。賢人もそのことはわかっているはず」

「そうだ」声が出せてうれしかった。スプーディ群につながったチューブがなかったら、立ちあがって、あたりを歩きまわっていただろう。その欲求に屈しないよう、強く自制しなくてはならなかったくらいだ。

この二百年間のことがひどく非現実的に思える。ずっと夢をみていて、たったいま目ざめた気分だった。

コスモクラートがわたしになにをさせようとしたのか、徐々にわかりはじめた。こんなふうに肉体が動かないのは、なんともひどい経験だ。二度とこんな目にはあいたくない。

皮肉なことに、周囲の状況に積極的に介入するのに慣れているわたしが、二百年のあいだ肉体的な活動を封じられていたのだ。

「グーのいうとおりだ」わたしは先をつづけた。「わたしの時代は終わった。クラン人はわたしの正体を知るべきだ。謎が解き明かされれば国民は安心し、グーをあらたな賢人としてうけいれるだろう」

「では、グーの助言者というのは？」カルヌウムがしつこくたずねる。

話してもいいものだろうか。かれはどう反応するだろう？

「わたしが賢人の助言者になります」サーフォ・マラガンがいった。

＊

全員の注目がマラガンに集まった。かれらの顔に浮かんだ表情は、マラガンとの関係しだいで、拒絶、悲しみ、あるいは恐怖を反映している。

とりわけショックをうけているのは、スカウティだった。

マラガンを愛しているのだ！　わたしはそう思った。そしてスカウティは、かれを失うことになるのがわかっている。

サーフォ・マラガンは、地球暦三六五〇年四月に《ソル》がヴェイクオスト銀河をはじめて訪れたとき、惑星キルクールに追放された叛乱者たちの末裔《まつえい》だ……そのかれが、わたしのかわりをつとめるといっている。

二百二十年前、コスモクラートの指示で《ソル》船内に姿を見せたとき、わたしは決意した。かつて支配者層によって追放された宙航士たちの末裔を救出する、と。その計画は部分的にしか実現しなかった。賢人としての仕事が忙しすぎたため、救出作戦に充分な時間を割《さ》けなかったのだ。わたしが救出作戦の遂行を命じたソラナーたちはセネカにたよるしかなかったが、あの巨大船載ポジトロニクスはいまだに機能不全を起こしたままだ。だから《ソル》は惑星キルクールに一度も降りたことがない。クラン人の宇宙船に発見され、公国の一拠点となるまで、忘れさられていたのだ。

ベッチデ人三人のことをはじめて耳にしたとき、かつての叛乱者の末裔にちがいないと思ったもの。

「サーフォ！」スカウティの声がわたしの物思いを破った。「あなた、自分がなにをいっているのか、わかってないのよ。こんなばかげた計画はあきらめて。きっとあなたをスプーディから自由にするから」

「きみこそわかっていない。サーフォ本人にとって、スプーディがどれほどの意味を持つか」わたしはなんとか説明を試みた。「マラガンがなにを思い、なにを感じているか、わたしにはわかる。まったく新しい世界と現実がひろがっているのだ。その陶酔感は圧倒的だ。わたしの地位をひきついだなら、世界の地平線はさらにひろがるだろう。マラガンの意志を変えることができるとは思えない」

スカウティははげしく嗚咽《おえつ》しはじめた。ファドンがその腕をとってなぐさめる。いらだっているようだ。かれはスカウティを愛しているらしい。

彼女はとがめるように、わたしに指をつきつけた。

「そんなのサーフォの意志じゃない！　なにもかも、あなたが考えたことじゃないの」

やり場のないその怒りはわたしの胸をえぐった。彼女はまだ若く、未開惑星育ちだ。感情を抑制するすべなど学んでいない。

なんとうらやましいことか！

目を閉じて、自分にもそんな反応ができたころのことを思いだす。

彼女はわたしを感情の乏しい怪物と考えているにちがいない。それは驚くことだろうか?

「最初は兄弟団がサーフォを意のままにしようとしたわ。あなたもあの犯罪者たちと変わらない。結局、自分のために利用しようとしてるんだから」

そのとき、公爵グーが思いがけない助け船を出した。

「それは違うな、ベッチデ人。アトランは自分のために行動しているのではない。クラン人よりもはるかに進歩した勢力の代理人なのだ」

彼女は口もとをゆがめ、皮肉っぽい笑みを浮かべた。

「その人にそういわれたわけ?」

「わたしだけではない、カルヌウムもだ！　だれがアトランを送りこんだのかはわからないが、とてつもない時間を費《つい》やしているのだ。その話は事実だとしか考えられない」

「ちょっと待て」わたしは話に割ってはいった。「きみとカルヌウムはすでに知っていることだが、ベッチデ人にもすべて説明しよう。そうすれば、関連性が見えてくるはず」

わたしは両公爵にした話をくりかえした。ベッチデ人三人はじっと聞きいっている。かれらはクランドホル公国をへめぐって、最後にもとめていた真実にたどりついた。その多くは、すでに予想がついていたものだろう。とくに数千のスプーディを擁するマラガンは、かなり正確に現状を認識していたはずだ。

話をするあいだにも、ノースタウンとサウスタウンからあらたな報告がはいった。防衛隊長の機転で得られた一時的な平安は、ますます見せかけになりはじめている。わたしが懸念したとおり、兄弟団は両公爵が民衆の前に姿を見せることを要求していた。この危険な組織の代表たちは、シスカルが嘘をついていると、糾弾《きゅうだん》の姿勢を見せている。

「話はここまでにしよう」わたしはベッチデ人三人に向きなおった。「いまは内戦を阻止するのが先決だ」

「どうすればいいでしょう？」と、カルヌウム。「今後の方針が合意できていないと、市民の前に姿を見せても、それが混乱の種になりかねません。なにをいっても、反論にさらされる危険が大きすぎます」

その懸念は当然だった。

「時間を稼ぐしかないな」わたしは答えた。「グーときみが水宮殿から、惑星テレビでクラン市民に呼びかけることを提案する。その前に、わたしが事情を説明する。わたしの正体がはっきりし、クランを去ることを告げれば、多少は興奮がおさまるはず。そこできみたちがカメラの前に立ち、拘束力のない宣言を発表するのだ。これからも水宮殿に滞在し、あらたなとりきめを締結する、と」

グーは即座に同意した。

「われわれ、最小限これなら合意できるはず」真剣な顔でカルヌウムを見つめる。「なによりもまず、いまの事態を収拾しなくては。われわれの決断が、クランドホル公国の将来を決めることになる」

「しかも、それだけではない！」わたしはだめ押しした。

カルヌウムはためらった。野心的な計画が、記憶のなかにまだ生々しくのこっているのだろう。グーの暗殺を試みたことは後悔していても、われわれが計画している次の一歩の必要性までは、はっきりと自覚できていない。

カルヌウムは両手で銀におおわれた制服をなでまわした。そのせいで、痩《や》せたからだはあちこちがごつごつとつきでる。やがてかれは、いつもの早口でこういった。

「いいだろう。クラン人の利益のため、同意する。ただ、それは今後のことをすべて無条件にうけいれるという意味ではない」

わたしの正体を明かし、賢人を引退することを告げる放送の準備ができた、と、スキリオンから報告があった。わたしはただちに放送を開始するよう指示した。クラン人ははじめて賢人の姿を目にすることになる……そのようすはすぐさま公国全体にひろまるだろう。もう、あともどりはできない。

わたしはグーとカルヌウムに向きなおった。

「用意しろ！　クラン人に対し、ここ、水宮殿の内部でなにがあったのか、説明するのだ。ただ、賢人がけっして公国の市民の利益に反することはしなかった点も伝えてもらいたい。わたしはつねに、きみたちの側に立ってきた」

カルヌウムは反論したいようだったが、結局は黙ってかぶりを振った。

両公爵がスキリオンの合図を待っているあいだに、わたしはもう一度、ソラナーの末裔三人に話しかけた。

「グーとマラガンは孤立無援ではない。最大サイズのスプーディであるフィッシャーが、以前から公爵グーを支援している」

ファドンは目をまるくした。

「フィッシャーが……スプーディ？」信じられないという顔だ。

「そのとおり」と、わたしは答えた。

「ですが……ですが、あれはマシンで、ロボットです」

「スプーディとは、基本的には極小のメカニズムにほかならない。たとえ、そこにふくまれる有機成分がきみたちにとり、共生体として作用するにしても」

「いったい、スプーディはどこからきたんですか？」スカウティがたずねた。

「ヴァルンハーゲル・ギンストと呼ばれる宙域だ。その宇宙空間に、スプーディは巨大な雲のように漂っている。《ソル》がはじめてそこを訪れたのは二百年前で、そのときバーロ人が最初のスプーディを採取した。その後、宇宙人間たちはスプーディ採取の専門部隊になったのだ。その作業ができるのはバーロ人だけだ」

スカウティは満足しなかった。

「スプーディとはなんなんです？　どうやってヴァルンハーゲル・ギンスト宙域に？　なにをもとめているんですか？」

その答えはわたしも知らない。二百年前にいだいた疑問は、いまもそのままだった。スプーディとはなんなのか？　どこからきたのか？

ファドンが一歩わたしに近づいた。もうわたしを全面的には信用していないようだ。この数時間で、あまりにも多くのことがあったから。まだ正気をたもっているのが、賞讃すべきことに思えるほどだった。

「クランドホル公国におけるスプーディの時代は終わりを迎える、ということですか？」と、ファドン。

「そのとおりだ！」

「クラン人やそのほかの種族は、今後スプーディをいれることを拒否するでしょうからね」

わたしはわずかにためらい、こう答えた。

「理由はそれだけではない」

「ほかの理由はなんですか？」

「単純なことだ。《ソル》はもう、公国のためには飛ばない。きみたちもはっきりわかったはずだが」

ファドンはちらりとスカウティを見た。

「《ソル》はひきあげるということですか？」

「あらたな任務につくことになる。目的地は、全人類の故郷である銀河系……きみたちの原故郷である惑星テラだ」

当然そうなると思っていたが、この言葉はベッチデ人の強い反応をひきだした。背後ではグーとカルヌウムが話しあっている。交渉を開始したようだ。公爵がふたたび、市民と直接向きあうようになれば、公国全体に安心感がひろがるだろう。

「聞いて、賢人！」スカウティがいきなり話しかけてきた。「《ソル》がこれからなにをするとしても……わたしたちは同行しません」

予想したとおりだ。

「では、どうしたい？」わたしはおだやかにたずねた。

「サーフォのそばにいるわ」

彼女はファドンになにもたずねなかった。かれはちらりとスカウティを見て片眉をあげ、一瞬考えたあと、うなずいた。

5　当時……

わたしの印象では、ブレッククラウン・ヘイズはクラン人のところに持ちこんだ装置類を見せ、魔法使いあつかいされるのを楽しんでいるようだ。

ハイ・シデリトと二名の同行者が案内されたのは、ブルセル宇宙港の一管理棟にある大ホールだった。惑星クランからの中継は観衆の情報を伝えてこなかったが、大ホールに集まったクラン人は、すくなくとも三百人はいただろう。影響力の大きい市民が多いといいのだが、と、わたしは思った。

公爵ムンドゥウンはその場にいなかったが、宇宙港管理棟のようすを逐一報告させているのはまちがいない。

クラン人はまだ反重力の秘密を発見しておらず、ヘイズによる反重力プロジェクターのデモンストレーションに、とりわけ魅了されたようだった。ヘイズはホール内のさまざまなものを浮遊させ、最後に一クラン人を床から持ちあげてみせた。やりすぎではないかとひやひやしたが、クラン人たちはよろこんでいて、この実演はうけいれられたようだった。

そのあとヘイズはマイクロ重力発生装置を実演し、最後にマイクロ・デフレクターを使って姿を消した。そのあいだにドゥーラ・メグラスとカル・ファロネンは、ポータブル転送機の送り出し部と受け入れ部をホールに設置した。

この装置がヘイズのショーのクライマックスになる。

クラン人のもとに送りだした代表団が、すでにスプーディを導入しているかどうかはわからなかった。その点はヘイズにまかせてあったから。クラン人にスプーディの有益さを証明するのが賢明かどうか、まず確認しなくてはならない。これまでの長い道のりを考えれば、二、三日で結論が出なくてもかまわなかった。

だが、クラン人があくまで拒否した場合は？

この誇り高い種族の助言者として、権力ずくでしたがわせるのは、最悪のやり方に思えた。

コスモクラートが選んだ種族だが、ほんとうに最適といえるのだろうか？ ふたつの力の集合体のあいだにある無人宙域に存在する、もっと若い文明のほうが、かんたんに目的を達成できたのではないか。

「公爵が到着したようです！」ファロネンの声が聞こえた。

クラン人の注意はヘイズに集中していたので、老ソラナーがアームバンド・テレカムで連絡してきても、目だつことはなかった。

宇宙港のホール内がざわつくのが、スクリーンごしにもわかった。ブルーの制服姿の、武装したクラン人も数人見える。たぶん公爵の護衛だろう。

ヘイズはデモンストレーションを中断し、ホールの入口に目を向けた。代表団に同行させたロボット・カメラはべつのほうを向いているので、入口になにがあらわれたのか、われわれにはわからない。

やがて映像が切りかわり、公爵ムンドゥウンの姿が見えた。数人の側近にかこまれて、大ホールにはいってくる。

ヘイズは一揖《いちゆう》した。クラン人にそのしぐさの意味がわかるという確信はなかったが。

「お目にかかれて光栄です、公爵」ハイ・シデリトがそういうのが聞こえる。

ムンドゥウンは無言でかれに近づいた。側近はぴりぴりしているようだ。いかにも危険そうな現場に公爵みずから足を進めるのは、同意しがたいと思っているらしい。

ムンドゥウンはかまわず前に進んでいき、護衛に手振りで、うしろに数歩さがっているよう指示した。わたしは不安を感じながら、ヘイズに武器が向けられるのを見守った。

かれがなにかミスをおかしたら、それまでだ。

「われわれをおじけづかせようと考えているのなら、その試みは失敗だ」ムンドゥウンがいった。

ヘイズは平然とした態度で、反重力プロジェクターのハンドルにもたれている。傷だらけの顔の表情は影になって見えなかった。

「いや、公爵!」と、憤然とした口調でいう。「そんなふうに思われるのは心外ですな。脅すつもりなら、ここにくる必要はありません。船内からいくらでも示威行動ができるのですから」

ムンドゥウンは無表情に聞いているが、内心では困惑しているようだ。

「そうかもしれん」表情とは裏腹に、声には感情があらわれていた。「だが、無償の贈与というものは信用できない」

ヘイズは両腕をひろげた。

「われわれがもとめているのは故郷です。うけいれてもらいたい。そのためなら、持っているものをなんなりと提供します。惑星クランに中央助言所を設置したいのです」

ヘイズのいう〝中央助言所〟とは、もちろんわたしのことだ。ソラナーの口からその言葉を聞いて、わたしは奇妙な感情をおぼえた。この先になにが待ちうけているのかを、まざまざと意識したのだ。

「そうかんたんなことではない」と、公爵。「やすやすと異人に征服され、政権を明けわたす気はないから」

「そんなつもりはありません」ヘイズは居ずまいを正した。すぐにフィッシャーがそのからだを支える。「よく考えてください、公爵。われわれの目的が征服なら、とっくにやっています。公国の艦は、われわれになにもできなかったではありませんか」

「そのとおりだ」ムンドゥウンがしぶしぶ認める。「だが、抵抗の手段がつきたわけではない」

ヘイズは外交的な嘘をつづけた。

「われわれが提供する技術は、あなたの種族にとって追い風となるはずです、公爵。クラン人は自分たちの星系の外に進出しはじめたばかりだ。すぐにもほかの星間航行種族と遭遇するでしょう。そのときにそなえなくてはなりません。異種族による征服を恐れるのは、力が弱く、侵略者を撃退できないと思うからです。たいていの種族は平和的ですが、敵に出会うことも考慮する必要がある。そなえあれば憂いなしですよ」

ムンドゥウンはかんたんには納得しなかった。

「どうしてべつの惑星を故郷にしようとしない？　無人惑星なら、なんの問題もないはず」

「そこで孤独にすごせ、と？」ヘイズは当然、この種の質問を予期していた。「われわれがすでに大文明を築いていることを忘れないでいただきたい。われわれ自身も発展していける環境が必要なのです。さもないと、すべてが失われてしまう」

ムンドゥウンはその場を行ったりきたりしはじめた。考えこんでいる。いい兆候だ、と、わたしは思った。もちろん、交渉が進展するかどうか、予断は許さないが。

やがて公爵は足をとめ、ヘイズの前にならんだ、さまざまな装置を指さした。

「きみたちをうけいれたとして、われわれ、ずっとそちらに依存することになるのではないか？　装置をあつかえるのがきみたちだけなら、われわれはつねにその手のなかにいることになる」

これこそヘイズが待ち望んでいた瞬間だった。

「あつかえるのがわれわれだけだと、だれがいいました？」

ムンドゥウンは大きな笑い声をあげた。

「こちらが圧倒されているのはまちがいない」

「知性を強化すれば、そんなことはなくなります」

「なにをいいだすんだ！」ジョスカン・ヘルムートがわたしの横で叫んだ。「いまここで、どうしてそれを持ちだす？」

わたしは《ソル》で深層睡眠状態にいた男にちらりと目を向けた。

「われわれは遠くから見ているにすぎない。一方、ヘイズは現場にいて、空気を感じとっている。どこまで押せばいいのか、いちばんよくわかっているはず」

ヘルムートが小声でなにかつぶやく。サムゴ・アルツが口をはさんだ。

「賭けに出たのですな。死の宣告をうけた男をクラン人のもとに送ったのは、間違いだったかもしれません」

議論している時間などなかった。クラン人との交渉に、ふたたび注意を奪われたから。

「どうするというのだ？」公爵が単刀直入にたずねた。

ヘイズの合図で医師のドゥーラ・メグラスが進みでて、スプーディの容器をさしだした。

「まだまにあう、やめるんだ！」ヘルムートが叫ぶ。

「おちつけ」わたしはかれをたしなめた。

「これを見てもらいたい」ヘイズの声がスピーカーから響く。かれは容器を開け、スプーディを見せた。「共生体というのは知っていますか？」

「もちろんだ」ムンドゥウンはいらだっているようだ。

ヘイズはおや指とひとさし指でスプーディをつまみ、右手をあげた。カメラの位置のせいで共生体は見えなくなったが、ヘイズの姿勢から、かれがそれを高くかかげているのは明らかだった。

「ほら、これです」

スプーディを頭に乗せ、前かがみになって、クラン人に頭頂部がよく見えるようにする。

「すべての惑星にかけて」ヘルムートは恐怖の叫びをあげた。「目の前でスプーディをいれるつもりなのか」

その声はほとんど耳にはいらなかった。惑星クランでくりひろげられている出来ごとから目がはなせない。

「よく見ていてください。この共生体が、頭皮の下にもぐりこむのがわかるはず」ヘイズが公爵に説明する。「これはわたしの脳の特定部位にとりつきます。本能的な行動で、この部位を間違えることはありません。その位置におちつくと、細い管で体液をすこしだけ吸いとります。一方、わたしの血流のなかには分泌物が流れこみ、しばらくするとポジティヴな影響があらわれます。意識が拡張し、知性と体力が強化されるのです。その効果は想像以上です」

ムンドゥウンはしばらく魅せられたように見つめていたが、やがて姿勢を正し、顔をしかめた。

「これがそれほど有益なものなら……なぜ、いままでいれていなかったのだ？」

「このスプーディはつい最近、手にはいったものだからです」と、ヘイズ。「まだ充分な評価ができていません。もっと時間をかけて、慎重に実験してみないと、だれかの頭にスプーディをいれる危険は冒せません」

わたしは安堵の息をついた。かれは事実を述べただけだが、大きく一歩前進したのはまちがいない。

ムンドゥウンは片手をのばし、ヘイズを指さした。

「だが、きみはリスクを冒したではないか！」

「そのとおりです。われわれの善意を、なんとしても伝えたかったので。スプーディがわたしにどんな影響をあたえるか、はっきりするまで待ちましょう。そちらも志願者をつのって、同じことを実験してみてもいい」

ムンドゥウンはその場のクラン人を見まわした。抗議のつぶやきがあちこちから聞こえる。クラン人は明らかに、ヘイズの要請を不合理と感じていた。それを責める気にはなれない。

公爵は両手を腰にあてた。

「志願者はいないか？」

そういって、ゆっくりとその場で一回転する。その顔に、しだいに侮蔑的な表情が浮かんでいくのが見えたように思えた。

「いないのだな。では、わたしが志願する！」

とたんに側近が公爵をとりかこんだ。なにを話しているのか、すべてはわからなかったが、説得してやめさせようとしているのは明らかだ。強い口調で警告している。しばらくすると公爵は側近を追いはらい、ヘイズに近づくと、かれが持ったままの容器から一スプーディをつまみあげた。

た。


「こんな暴挙を見すごすのか？」ヘルムートのそばにいたガヴロ・ヤールがたずねる。

「公爵を実験台にするなんて。なにかあったら、二度めのチャンスはないぞ」

「一度めでうまくいかなければ、いずれにしても、われわれの敗北だ」アルツが指摘した。

ハチくらいの大きさのスプーディをつまみあげた公爵は、まじまじとそれを観察した。

「昆虫を思わせるな」

そのとき、側近のひとりが無謀な行動に出た。ムンドゥウンの手からスプーディを奪うと、だれもが唖然としているうちに、それを自分のたてがみのなかにつっこんだのだ。

「公爵にこんな危険を冒させるわけにはいきません！」と、叫ぶ。

ムンドゥウンは武器に手をのばした。数人の護衛が性急な行動にはしった男に飛びかかり、床に押さえつけると、たてがみをかきわけた。

「もう遅い」と、ヘイズ。「スプーディは瞬時に頭皮の下にもぐりこみます。とりのぞくには、手術するしかない。ただ、生涯ずっと共生するわけではありません。われわれの暦で七年もすると、共生体は死に、脱落します」

ムンドゥウンは威厳に満ちた態度で、

「はなしてやれ！」と、命令。

護衛たちはスプーディ保持者となったクラン人を立ちあがらせ、公爵の前にひきすえた。

「どんな感じだ?」公爵がたずねる。

相手は目をまるくし、

「よく……わかりません」と、不安そうに答えた。

「この男から目をはなすな」と、公爵。「すべては今後、どんな変化があるかしだいだ」

「われわれがクランにのこれるかどうかもですか?」すかさずヘイズがたずねる。

ムンドゥウンは振りかえった。

「それについては、まだ決めていない」

わたしは司令室に集まったソラナーを見わたした。

「どうやらわれわれの勝ちだな」

数人の男女がかぶりを振った。ヘイズがすでに難関を突破したことを認めたくないのだ。わたしも心の奥底では、うまくいかないほうがいいと思っていたかもしれない。クラン人の助言者となって強大な星間帝国を建設するというのは、けっしてわたしの望むことではなかった。これまでの長い生涯において、幾多の銀河帝国の興亡を見てきたが、永続したものはひとつもない。アルコン大帝国は崩壊し、太陽系帝国もすでになく、ブルー族の帝国も、レムール帝国も……リストはまだまだ長大だった。

クラン人の強大な公国も、いつかは消えさるだろう。

だれかがわたしの肩に手を置いた。ジョスカン・ヘルムートだった。

「どんな気分かはわかります、アルコン人」

わたしはかれにだけ聞こえるよう、小声で答えた。

「われわれ、ほんとうはヴェイクオスト宙域を去り、テラをめざすべきなのだ。それだけが、わたしの真の目的だ」

かれは大きな喪失を知っている者のように微笑した。

「故郷銀河にもどりたくない者が、ここにいるでしょうか？」

わたしはかれの腕をとった。

「かならずテラにもどる……いつの日か」

「あなたは……きっとそうでしょう。われわれはそうはいきません。いま《ソル》にいる乗員たちは」

わたしはかれの深い悲しみを感じとり、希望をあたえるようなことをいうべきではないと思った。テラナーは数世代たつうちに、ほとんど千里眼に近い感覚をそなえるようになった。ジョスカン・ヘルムートは自分の運命を確信し、そのために絶望的な気分になっているのだ。

はるか彼方から響いてくるようなヘイズの声が、スピーカーから流れた。

「スプーディ保持者の変化を待つあいだに、転送機のシステムをお見せしたいのですが、公爵」

わたしは顔をあげ、スクリーンに目を向けた。

ヘイズがつねにフィッシャーに支えられながら、狼ライオンの群れにかこまれるのは慣れっこだとでもいいたげに、転送機を操作している。失敗することなど、最初から考えてもいないようだ。

実際、死に近づいていることが、人間をあれほどまで自信に満ちたようすにさせるものなのか？

ヘイズを失うのが残念だった。

だが、かれの終わりははじまりにすぎない。まもなくわたしはクラン人の助言者となるが、その期間中に、この二十年間《ソル》で寝食をともにした者たちは、すべて死にたえるだろう。

最後にわたしの仕事を助けてくれるのは、いまはまだ、まったく見知らぬ者たちだ。

それはつねに変わらない、不死者にくりかえされる悲劇だった。

6　現在……

両公爵の巧妙さは賞讃に値《あた》いした。たとえ内心で焦《あせ》っていても、演説のさい、そんなそぶりはまったく見せない。とりわけ、グーの説得力はすばらしかった。すべての市民の注意をひきつけている印象がある。兄弟団を背後から操っている黒幕は、両公爵の演説に憎しみといらだちをつのらせるだろう。まったく予想していなかったはずだから。

グーとカルヌウムは賢明にも、深い関連性には言及しなかった。クラン人も、また公国のそのほかの種族も、いまこの瞬間、若い星間帝国が急速に拡大した真の理由は聞かされていない。わたしはほっとした。興奮した公国市民に、この状況でコスモクラートや力の集合体のことを説明したら、混乱を助長するだけだから。

グーの演説はつづいた。

「わたしは負傷したが、生きのびた。今後、異人が公国の運命を握ることはない。賢人は引退し、わたしがその地位をひきつぐことになった。カルヌウムとは緊密に連携していく。わたしは水宮殿にとどまり、カルヌウムはテルトラスにもどって、政務につくことになる」

瘦せた公爵に力づけるような視線を送る。カルヌウムはその意図を察し、口を開いた。

「公爵グーの言葉は真実だ。賢人は引退し、われわれは以後、スプーディなしでやっていくことになる。当初は困難もあるだろうが、準備は充分にできている。賢人を演じていた異人は、スプーディ船に乗ってクランから退去する」

グーが大きくうなずくのが見えた。

「われわれ、公国の全市民に協力を要請する」と、グー。「これは兄弟団のメンバーにもあてはまることだ。兄弟団の主張の多くは真実だった。だが、きょうからはもう、異人がクラン人に影響をあたえることはない。兄弟団の存在意義はなくなったということ。それでも団の黒幕たちは、なおも市民のあいだに混乱をひきおこそうとするだろう。その真の目的は、公国の権力の奪取なのだ。今後は兄弟団の言葉に耳を貸さないでもらいたい」

力強い言葉ではあったが、わたしの不安は消えなかった。兄弟団幹部の反応が気にかかる。すべては時間稼ぎのためのトリックだ、と、われわれを糾弾するだろう。

重要なのは、約束した改革を早急に実現することだ。言葉だけではなにもなしとげたことにはならない。そのためには、わたしからスプーディ群を切りはなす必要があった。早ければ早いほどいい。

だが、わたしはためらっていた。結果がはっきりしないのだ。いずれにせよ、わたしには強い衝撃があるだろう。最低でもその覚悟はいる。二百年前に惑星クランにやってきたあと、しばらくはスプーディなしでやっていた。だが、すべての使命を達成するには、スプーディ保持者となる以外に方法がなかった。それがはじまりとなり、あとはすべてが、ほぼ不可避のなりゆきだった。公国の拡張とともに問題も大きくなり、わたしは圧倒されそうになった。ますます多くのスプーディと接続することで、なんとか状況を制御してきたのだ。

数年のうちに、わたしは大きくなりつづけるスプーディ群を利用するようになった。

やがて、その数はとてつもないものとなる。

それはもはやわたしの一部だ。

巨大なスプーディ群には、人工的に栄養があたえられた。わたしの体液ではとうていたりなかったから。当然、それだけの共生体を頭皮の下にいれておくことなどできない。個々のスプーディの細い口吻《こうふん》のかわりに、一本のチューブがわれわれを接続していた。わたしはよく、〝魂のへその緒〟と呼んだもの。それを切断しなくてはならない。スプーディにはなんの痛痒《つうよう》もないだろう。サーフォ・マラガンに接続されるまでのあいだ、ヴァルンハーゲル・ギンスト宙域を漂っていたときの不活性状態にもどるだけだ。

だが、わたしのほうは？

スプーディなしでやっていけるだろうか？　切りはなされたら痴呆化するか、狂気におちいるのではないか？

「コスモクラートがそんなことをするはずはない」と、思わず声に出していた。

「なんですって？」と、ブレザー・ファドン。

「次の行動を考えていた」そう答えてごまかす。「《ソル》が惑星クランをはなれたら、もう一度ヴァルンハーゲル・ギンスト宙域に行ってみたい」

ファドンは顔をしかめた。

「なぜです？　もう《ソル》をスプーディ船として使う必要はありません。公国の市民は、スプーディなしでやっていくでしょう」

「そのとおりだ。最近では、公国の学校ではスプーディにたよらない学習課程を組んでいる。それでも、もう一度スプーディを採取しなくてはならない。満載するのだ」

ファドンはわけがわからないという顔だった。わたしは思いをめぐらせながら、「地球にもどったとき、友のテラナーに大きな贈り物をしたいのだ」と、説明。

スカウティとファドンがわたしの顔を見つめる。

「スプーディを！」叫んだのはスカウティだった。「テラナーをスプーディ保持者にするんですね」

「すくなくとも、数百万人くらいはな」

「でも、それはばかげています」と、スカウティ。「スプーディが七年で不活性化し、宿主から脱落するのはご存じのはず。そうなったら、もう役にたちません」

「わたしが二百年にわたってスプーディとつきあってきたのを忘れているな。長生きさせるため、どんな栄養をあたえればいいかはわかっている。人類の発展は大きく加速するだろう」

残念ながら、彼女はわたしほど夢中にはならなかった。ま、理解できないでもない。彼女はサーフォ・マラガンといっしょに、クランにのこりたいのだ。スプーディが人類にどう役だつかなど、興味はないのだろう。

「わたしは気にいりません」ファドンがはっきりといった。

「だが、きみもスプーディ保持者として、なにが得られるかは知っているだろう」

「それでもです」と、惑星キルクールのもと狩人。「あれは……不自然なんです」

わたしは苦労して怒りをおさえた。さいわい、地球の人類がどう反応するかはわかっている。とりわけペリー・ローダンは、スプーディがもたらす可能性に歓喜するだろう。

わたしはすでに太陽系帝国の再興さえ夢みていた。

そこで夢想を抑制する。ペリーがまだ生きているのか、地球がまだ存在するのか、だれも知らないのだ。

その不安のせいで、わたしはいらだちをつのらせた。あまりに長く、クラン人の世界にとどまりすぎたようだ。

「公爵グー！　役割交代にとりかかろう。サーフォ・マラガンがわたしのスプーディをひきつぐ。きみはおもてむき、賢人としてふるまうのだ」

スカウティはマラガンが横たわる反重力担架の前に、もと狩人を守るように立ちふさがった。

「サーフォがほんとうにそれを望んでいるかどうか、まだわかりません」

「本人に訊いてみろ！」

彼女が首を横に振ると、髪が左右に揺れた。わたしははじめて、彼女がとても美しい女性であることに気づいた。奇妙なあこがれがわたしをとらえる。この肉体はほぼ二百年、眠りに似た状態にあった。まず、それがどう反応するか、正しく見きわめなくては。

「答えはわかっています！」と、スカウティ。「でも、それはうけいれられません。サーフォは多数のスプーディの影響をうけています。正常な精神状態じゃないんです。すべての共生体をとりのぞいて、決心を聞いてみないと」

マラガンが担架の上でからだを起こした。同情を呼びおこすような姿で、しわがれた声をあげる。

「自分の望みははっきりしている、スカウティ！　きみにはわからないだろうが、わたしがいまあるのは、これらのスプーディのおかげなのだ。わたしを賢明にし、それまで考えもしなかった関連性を理解させてくれた。そんなチャンスを得られる人間がどこにいる？　わたしをアトランのところに連れていけ！　多数のスプーディと、ぜひ接続したい」

「どうかしてるわ！」スカウティが責めるようにいう。「なんになりたいわけ……神に似たなにか？」

かれは首を横に振った。

「知識はわたしをむしろ謙虚にする。それでも、それを放棄することはできない」

「わたしはどうなの？」スカウティの思いがほとばしった。「あなたにとって、わたしはなんでもないの？」

ファドンがうなだれるのが見えた。その胸にはどんな思いが去来しているのか。

マラガンは彼女に慈愛のこもった視線を向けた。

「わたしはきみを愛していたよ、スカウティ。きみはブレザーとわたしと、どちらを選ぶか決められなかったようだが」

彼女ははげしくすすり泣いた。とっくに心は決まっていたのだ、と、わたしは悟った。マラガンもそのことはわかっていたのだろう。不幸なブレザー・ファドンも。

スカウティは背を向けて立ちさった。ファドンは彼女を追いかけてなぐさめたかっただろうが、石化したかのようにその場に立ちつくしている。

マラガンが意を決したようにいった。

「こんなメロドラマは終わりにしましょう、アトラン。準備はできています」

わたしがその言葉を疑うことはなかった。

サーフォ・マラガンはわたしのスプーディをすべてひきうける準備ができている。

だが、わたしはどうだ?

パニックじみた恐怖にとらえられ、どうやってチューブを切断するかも考えられない。

だが、気がつくと声に出してこういっていた。

「賢人の従者、マートンとイルセ・ラーゲスとスワンを呼べ。やり方を知っているから」

目をあげて、数百万のスプーディの群れを見る。

付帯脳がなぐさめの言葉をかけてくれるかもしれないが、切断の瞬間、わたしはひとりぼっちだ。

それはわたしの死を意味するかもしれない。

＊

生じる変化の大きさ、不確実な未来への不安、さらには任務の危険性を考えて、賢人の従者たちの顔は青ざめていた。中年女性のラーゲスと、マートンとスワンの若い男ふたりは、この状況でテラでの職業分類をあてはめるなら、医師ということになる。より正確には、外科医だ。

かれらは過去に例のない手術を実施することになる。似たような事例さえない。もちろん、さまざまな事情から、クラン人のスプーディ除去なら数百回はこなしている……だが、わたしはクラン人ではなかった。しかもエネルギー・チューブを介して、数百万のスプーディが接続されているのだ。

「気分はどうですか、アトラン？」スワンがたずねた。

まるで決まりきった儀式のようだ。

「上々だ、わが友」わたしも儀式にのっとって答えた。

三人がチューブに触れる。わたしはなにも感じなかったが、思わず身をすくめた。

「どういうふうにするの？　メスで切断？」と、スカウティ。

ラーゲスが彼女に非難の目を向けた。

「このチューブはフォーム・エネルギーでできた橋のようなものよ」と、講義口調で説明する。「それを切断するというのは、基本的に、スイッチを切るというのに等しい。そのあとマラガンに接続し、群れをあらたに調整するわけ」

スワンがわたしの上に身をかがめた。

「スプーディとあなたのあいだで、やりとりがいっさいないことが重要です」

「わかっている！」

「ですが、やりとりを停止できるのはあなただけです、アトラン」相手はまるで怒っているように付言した。「すべて停止してください。それでようやく、チューブを切りはなすことができます」

「準備ができたら伝える」

三人の視線は不安そうだった。わたしが躊躇《ちゅうちょ》するとは思っていなかったのだろう。この切断がなにを意味するか、かれらはわからないのだ。わたしはただたんに、ロボットに似た共生体との結合を失うだけではない……それは、わたしがクランドホル公国から離脱することを意味していた。いまはまだ、数千のインパルスが行き来し、スプーディから無数の情報が押しよせてくる。ヘスケント地区がほぼ完全に沈黙し、大きな問題が生じているいまも、水宮殿ではいつものように大量の事項が決定され、管理されていた。

スプーディを失えば、目と耳と口をふさがれるようなものだ！

わたしは硬直した。

スワンの顔が近づいてくる。

「どうしました？」

「宇宙の光にかけて」思わずクラン人の慣用句が口をついた。「やはり無理だ。やりとりを遮断することなどできない」

力強い足音が聞こえ、公爵カルヌウムがわたしの前に立った。

「やるのです！　あなたの時代は終わった」

「このチューブはアトランの生命線だったのですよ」マートンが口をはさむ。「二百年近くも。これはいわば……殺人です」

「麻痺させるしかない」と、公爵グー。「意識を失えば、やりとりはなくなるはず」

「そんなことはできません！」スワンが反対した。「分離の衝撃を生きのびるには、全力を傾注する必要があります。深い昏睡状態にあったのでは、抵抗することができません」

カルヌウムが大きな身振りを見せる。

「どうなっているのだ？」

「かれは長く賢人でいすぎたんです、公爵」スワンがうなだれて、肩をすくめた。

「だが、それは終わらなくてはならない！」

わたしは議論を打ち切らせた。

「わかっている。そうするしかないなら、麻痺させろ」

深い疲労がわたしをつつんだ。このからだは二百年近く、深層睡眠と似たような状態にあったのだ。それなのに、無理をかけすぎた。疲労が積み重なっている。

「はじめろ」と、賢人の従者三人に指示する。「やるしかない」

スワンがゆっくりとかぶりを振った。

「あなたを傷つけるようなことはできません、アトラン。両公爵には待ってもらうしかないでしょう」

カルヌウムの顔に怒りの表情が浮かんだ。

「これ以上は待てん！」と、つめよってくる。

そこにググメルラートが介入した。特殊能力を有するわたしの助手グループに属する、プロドハイマー＝フェンケンだ。いままでずっと無言だったが、ここしばらくのなりゆきは、腹に据えかねたらしい。

「警告します、公爵」ググメルラートが甲高い声をあげる。「賢人に手出しすることは許しません。どうしてもというなら、わたしと友たちは賢人の権力を奪還します……力ずくで」

「自分でもなにをいっているか、わかっていないのだ」わたしはなんとかググメルラートの言葉の印象をやわらげようとした。「全員、興奮しているということ」

プロドハイマー＝フェンケンとカルヌウムはしばらくにらみあっていた。

すべてはわたしにかかっている。なんとしてもスプーディとの接続を断たなくてはならない。

「すこし時間をくれ」と、全員に向かっていう。

コヌクたち賢人の従者数人が武器に手をのばすのが見えた。かれらもいらだっている。公国中枢の激変は避けられないとわかっていても、その変化は自分たちの意志で起こすと思いたいのだ。

カルヌウムが自制することを期待するしかなかった。

わたしは頭をうしろに倒した。スプーディに集中しなくては。

この共生体の巨大な群れは集合知性のようなものを有していて、事態に影響をおよぼせるのではないか？　以前はそんなこと考えもしなかったが、いまはスプーディが切断にどう反応するのかが気になった。

マシンのように無関心なのか、それとも、自分たちがすこしでも有利になるよう、なにかしようとするのか？

ラーゲスと男ふたりの準備はできている。

わたしは目を閉じた。まもなく自分のもとの状態にもどれるのだ。そのためには、スプーディとのやりとりを遮断するだけでいい。チューブが切断されれば、本来のわたしにもどれる。

いちばん近くに立っているスワンの緊張した息づかいが聞こえた。

頭のなかに咆哮《ほうこう》が響く。数百万のスプーディの声なのか？

心のなかで気合をいれる。

わたしは障壁を構築し、スプーディから流れこんでくる情報を遮断しようとした。同時に共生体に対し、自分自身をカプセルに閉じこめる。

自分の中枢神経を切断しようとしている気分だった。

7　当時……

男が転送機のなかで非実体化し、ほぼ同時に受け入れ部に実体化する。わたしにとって、どちらも日常的な光景だ。

クラン人には説明のつかない奇蹟に見えただろう。

ブレッククラウン・ヘイズがカル・ファロネンをポータブル転送機で移動させたのだ。老ソラナーはにこやかに受け入れ部から出てきて、クラン人たちに片手を振った。

「これは……単純なトリックにちがいない」公爵ムンドゥウンがハイ・シデリトにいった。「たぶん鏡を巧妙に使った、光学的イリュージョンだ」

破壊されたヘイズの顔には、なんの感情も浮かんでいない。

「自分で転送をためしてみたあとでも、そういえますかな？」

「そんなことができるのか？」公爵が驚いてたずねる。

「それだけではありません！」と、ヘイズ。「この惑星のはるか遠くに受け入れ部を設置しておけば、ここで送り出し部に足を踏みいれるだけで、いつでも瞬時に移動できます」

もちろん、これはムンドゥウンを挑発していったことだった。かれはその場に集まった、たぶんいずれも大きな影響力を持つクラン人市民に対し、自分の勇気をしめしてみせなくてはならない。ただ、その態度にはわずかな躊躇が感じられた。

ヘイズもそれを見逃したりはしない。

「お望みなら、もっと出力をあげて実演しますよ、公爵」

ヘイズはなにを考えているのか、と、わたしは思った。かれがいまやっているのは、事前に打ちあわせたことではない。ミスをおかさなければいいが。

「いいだろう」公爵ムンドゥウンがいった。

「《ソル》船内にも転送機があります」と、ハイ・シデリト。「装置を調整して、船にいるだれかをこのホールに転送してみましょう」

ムンドゥウンは不安そうな笑い声をあげた。

「そんなことができるわけがない」

「それはちょっと……」と、ファロネンが口をはさみかけたが、ヘイズはそれをさえぎった。

「だいじょうぶだ、カル」

「これはやりすぎです」ジョスカン・ヘルムートはかんかんだ。

わたしはうなずき、テレカムでヘイズをとめようとしたが、先に向こうから連絡してきた。

「だれか信頼できる者をひとり、こっちに送ってください、アトラン」ヘイズの声がスピーカーから流れた。

ヘルムートはちいさく悪態をついた。

「わたしが行きます。だれかが惑星上で、ヘイズの手綱をとったほうがよさそうです」

わたしはしぶしぶ承諾した。本心では、ヘルムートは船にのこしておきたかった。さまざまな面で、かけがえのない男だから。

ヘルムートは司令室を出て、転送機に向かった。わたしはインターカムで、船の転送機を調整し、惑星クランの受け入れ部にあわせるよう指示した。

惑星上の宇宙港管理棟で、ヘイズが口を開いた。

「なにが起きるか見ていてください、公爵」

クラン人が受け入れ部のまわりに集まった。その直後にジョスカン・ヘルムートが出現して、クラン人に笑みを見せ、ヘイズをにらみつけた。大ホールにいるブルーの制服姿の護衛たちが武器をあげるのを見て、わたしは不安をおぼえた。聡明なクラン人は、転送機で戦闘部隊を送りこむことも可能だと見ぬいたようだ。だが、ヘルムートの背後で揺らめくフィールドは、転送アーチのなかですぐに消滅した。

「ひとりだけか？」ムンドゥウンがすぐにたずねる。

「ひとりですし、丸腰です」ヘイズが口を開く前に、ヘルムートが答えた。「われわれになにができるか、これでおわかりでしょう、公爵」

ムンドゥウンは大股にホールを横切り、送り出し部を指さした。

「わたしがためしてみよう」

ヘイズがうなずき、注意事項を伝える。

「転送痛を感じることになると思います。心の準備をしておいてください。距離が短いので、たいしたことはないでしょうが」

ムンドゥウンが転送機の前に立つ。捨てばちになっているのがありありと想像できた。ほかのクラン人に対し、主導権を握っているのは自分だと、すくなくとも見せかけるためなら、公爵はなんでもするのだ。

「準備完了！」と、ヘイズ。「フィールド内にはいってください、公爵」

ポータブル転送機なので、アーチはごくちいさい。クラン人は腰をかがめなくてはならなかった。公爵の姿が消えた瞬間、周囲に集まったクラン人のうち数人が絶望の声をあげ、その直後にムンドゥウンが受け入れ部に出現すると、ひときわ大きな歓声があがる。

公爵はよろめいたが、踏みとどまった。

なのだな」

「まるで魔法だ」ありったけの威厳をかき集めて、感想を述べる。「だが、これは技術

＊

遠い昔、地球で大西洋の海底ドームをあとにしたわたしは、それなりに狙いを定めて、ときおり人類文明の発展に介入したもの。だが、その後、そんな散発的な影響はほとんど効果がないことを思い知った……なかでも、テラに高度な宇宙航行技術を導入するのには。わたしの介入は狙いが絞りきれておらず、期間も短すぎた。

コスモクラートの指示でいま実行しているやり方にくらべたら、児戯に等しい。

今回のほうがはるかに高度だ。

それでもなお、自分が過去に地球でやったことを思いだすと、懐疑的になってしまう。クラン人を動かして、大星間帝国を建設するなど、はたして可能だろうか？　壮大な夢で終わってしまうのではないか？

そんなことを考える自分を、すこし恥ずかしく思う。とりわけ、熱心に仕事にとりくんでいるヘイズの姿を見ると。

転送機の実演は大成功だった。ムンドゥウンをはじめとする有力なクラン人たちはおおいに感銘をうけ、その言葉から、そうした装置を使えるようになるのを歓迎している

のがわかる。他方、かれらはわずかなリスクもひきうけたくないようだった。

あとは頭皮下にスプーディをいれたクラン人の状態がどうなるかしだいだ。その男の名前はストゥーゲルといい、これまで見てきたところでは、公爵ムンドゥウンの熱烈な信奉者らしい。わたしとしては、もっと円熟したクラン人に実験台になってもらいたかった。熱狂的な感情にはしるあまり、冷静な判断ができなくなる恐れがある。

その不安はさらに大きくなった。ストゥーゲルはくりかえされる質問に対し、なんの変化もない、と、答えるばかりだったから。

二時間ほどが過ぎた。スプーディに関してわたしが知っている情報からすれば、ストゥーゲルはとっくに反応の最初の兆候を感じとったはず。

かれはこの兆候を無視し、抑圧さえするかもしれない。そんな不安がつのって、わたしはテレカムでヘイズと連絡をとり、ストゥーゲルを罠にかけるよう指示した。

通常のかれの能力ではできないことをさせるのだ。

「かんたんではありませんよ」ヘイズは渋った。

「かんたんでないのはわかっている」わたしは冷たく応じた。「だが、きみがこれまでに惑星クランでやってきたことも、やはりかんたんではなかった」

一瞬、ヘイズはこちらから姿が見えているのを忘れたかのようなしぐさを見せた。それはこういっているようだった。〝《ソル》船内からなら、なんだっていえますがね！〟

「なにか考えはあるんですか?」やがてヘイズがたずねた。

「ブラッフをしかけるのだ。まだ実演していない装置を使えばいい。もちろん、ムンドゥウンには事前に、たいしたことは起きないと伝えておく。ストゥーゲルには、きみが装置の真の機能をかくしていることがわかるはず……そうなれば、それを公爵に伝えないわけにはいかなくなる」

ヘイズはたいした名案とも思っていないようだ。

「ですが、ストゥーゲルがそれを見ぬけるほど強くスプーディの影響をうけているかどうか、まだわかりませんよ」

「だったら、食いついてくるまでくりかえせばいい」

ハイ・シデリトはやれやれといいたげに、クラン人科学者数人と転送機を調べていたムンドゥウンに向きなおった。ふたりが話すあいだ、ヘイズはアームバンド・テレカムのスイッチを切って、わたしに話を聞かれないようにしていた。やがて公爵がうなずく。同意した印であればいいのだが。

ストゥーゲルはホールの壁ぎわの、一種のベンチに腰をおろし、全身で抗議の姿勢をしめしていた。たとえ宇宙のあらゆる物理法則を理解したとしても、それを認めるつもりはなさそうだ……認めることが理にかなっていたとしても。

「ほかの装置をお見せしましょう」ヘイズがいった。大声だったので、ファロネンのマイクごしに、わたしにも伝わってきた。「公爵の同意もとりつけましたから」

かれが指さしたのは拘束フィールド・プロジェクターだった。

「これもまた、特殊な装置です。実演する前に、どのように機能するのかを説明しましょう」

すっかり大胆になったクラン人たちは、ヘイズの作業をよく見ようと集まってきた。ストゥーゲルもベンチをはなれ、近づいていく。ヘイズはかれに目もくれず、作動原理の説明を開始した。淡々とした口調だが、わたしはそこに内心の緊張を感じとった。かれはふたたびアームバンド・テレカムのスイッチをいれていて、言葉のニュアンスまではっきり聞きとることができた。

わたしだからわかるのだ！　そう自分にいいきかせる。クラン人には、かれの緊張は感じとれないだろう。

わたしはストゥーゲルをじっと観察した。ヘイズと《ソル》にいるわれわれが望んでいる反応を見せるのではないかと期待して。だが、かれはただそこに立って、ヘイズの説明を聞いているだけだ。

「この機能はどんなものでも対象になります」ヘイズが淡々と説明する。疲労の影さえ見えないのが驚きだ。つねにフィッシャーに支えられているとはいえ、精神的にもかなりの負担があるはず。ヘイズの内面の強靭《きょうじん》さは疑いようがなかった。

ヘイズはプロジェクターをムンドゥウンのほうへ向けた。

「異存はありませんか、公爵？」

「なにをするのだ？」ムンドゥウンがたずねる。

「このホールを横切って、ちょっと飛行するのです。もちろん、危険はありません」

身をかがめ、プロジェクターの回路を設定しはじめる。わたしは画面を見つめた。それまでぼんやりと立ちつくしていたストゥーゲルがヘイズに近づき、装置から乱暴にひきはなす。ヘイズはフィッシャーにぶつかり、傷だらけの顔が苦痛にゆがんだ。フィッシャーがすぐにかれを支える。

ストゥーゲルはプロジェクターの前に立ちはだかった。

「これは武器です！」と、興奮をおさえながらいう。

同時に、自分が罠に落ちたことに気づいたようだ。ムンドゥウンが憤然と声をあげ、ストゥーゲルは肩を落とした。

ヘイズは全身の力を集めて勝利を確認するかのように、急いで立ちあがった。

「ストゥーゲルにはわかったのですよ、公爵。わたしが説明した装置の意味と機能が間違っていると、理解したのです」

ムンドゥウンはストゥーゲルの腕をつかみ、ひきよせた。

「気をつけて！」ヘルムートが公爵に声をかける。「スプーディは知力だけでなく、体力も増強させます」

だが、ストゥーゲルは抵抗しなかった。不意をつかれて硬直したようだ。

「どんな気分だ？」公爵がたずねた。

「よくわかりません」と、ストゥーゲル。「大きな窓が開いて、それまでかくされていた景色が見えるようになったとでもいいますか」

「自分の意志はあるか？　自由意志で話しているのか、それとも、なにかに操られているように感じるか？」

ストゥーゲルは政府要人たちを見まわした。

「わたしは完全に自由です」

安堵の息をつく音が聞こえ、ヘイズがフィッシャーのアームにもたれかかった。ドゥーラ・メグラスが駆けよってようすを見る。

「意識を失ったようです！」わたしの横でガヴロ・ヤールがいった。

「そうだな」わたしはテレカムのほうに身を乗りだした。「ジョスカン、クラン人との交渉は、以後、きみにまかせる」

ヘルムートはあたりを見まわした。

「すでに交渉は成立したようですよ」と、うれしそうな顔もせずにいう。

「まるで残念がってるみたいですが！」ヤールは驚いたようだった。

いった。

「当然だ。これで地球に帰れなくなったのだからな」

「ジョスカンという男、わたしには理解できそうにありません」ヤールが不機嫌そうにいった。

＊

その後の数日で、公爵ムンドゥウンがきわめて猜疑心《さいぎしん》の強い、用心深い男だということがわかった。《ソル》が宇宙空間にとどまることを要請し、一度に百名以上の乗員が惑星クランにいることを認めず、しかもかれらを特定地域に押しこめたのだ。

それが一時的な処置なのかどうかはわからなかったが、わたしは気にしなかった。計画達成にとって、たいした障害にはならないから。思ったとおり、二カ月もすると、人間と資材を一定地域に押しこめておくことはできなくなった。

ムンドゥウンは中央助言所の建設を許可し、《ソル》の技術者たちはクラン人建築家たちとの協議を開始した。デーメ・ダント平原の中心にピラミッド形の建物が、固化した水を使って建設された。

ヘイズは重要な交渉をほぼすべてヘルムートにゆだねて《ソル》に帰還し、医療ステーションに収容された。血液を六時間ごとに交換しているが、数日中には、船はあらたなハイ・シデリトを迎えることになるだろう。

わたしの存在に気づいているクラン人はいない。

わたしは特別製の容器にはいり、いくつかの装置とともに、クランドホル星系第四惑星に運ばれることになっていた。重力は一・四Gだが、問題はない。重要なのはクラン人に姿を見られないことだった。最初は仮設のシェルターに住み、いずれは水宮殿にうつることになる。

「不信感が完全に消えることはないでしょう」ヤールがいった。「クラン人は、マシンが助言をあたえていると考えるかもしれません」

「それはないだろう。助言しているのが何者なのか、クラン人が知ることはない。憶測しかできないまま、わたしは神話的存在になるはず」

「われわれがだれひとり……もちろん、あなたはべつですが……生きて地球を見られないのが残念です」

わたしは細胞活性装置に手を触れた。ヤールがそれを見て、かぶりを振る。

「うらやんでいるわけではありません」

そこに医療ステーションからインターカムで連絡があり、ヘイズとの面会を要請された。わたしは司令室をヤールにまかせた。

覚悟してヘイズの前に立つと、かれはほっとした表情を見せた。目には光があり、快活な印象だ。

「すべてが終わったらわたしを船外に連れだすよう、バーロ人に命じておきました。もちろん、この辺鄙《へんぴ》な星系にではなく、ヴァルンハーゲル・ギンスト宙域にです」

船が今後、何度もスプーディを補給しにいくことを、かれはわかっている。

ヘイズを相手に、口先だけで心配するなといっても意味はない。わたしは医療ロボットの抗議を無視して、ベッドのはしに腰をおろした。

「これまでのハイ・シデリトが、そろって劇的な死に方をしたのは知っていますね？」

「そんなふうに考えたことはなかったな」

「《ソル》の宙航日誌を見れば、わたしが正しいとわかりますよ」

話は司令室からの呼び出しで中断された。ヤールがヘルムートからの報告を伝える。ムンドゥウンがみずからスプーディをいれたとのことだった。

「満足ですか？」と、ヘイズがたずねる。

もちろん、満足を感じてしかるべきだ。予定どおりなのだから。だが、自分が望んだことではないという思いもあった。かなりの長期にわたり、個人の自由を手ばなすことになるのだ。

とはいえ、ヘイズを失望させたくはない。わたしはうなずいた。

「あなたはすばらしい神託をあたえる〝賢人〟になるでしょう」と、ヘイズ。

賢人か！　ヘイズの思いつきだし、その言葉が気にいったこともあり、わたしは将来、そう名乗ることにした。

「わたしがなぜ、スプーディの集まる宙域を墓所に選んだか、わかりますか？」ヘイズがたずねた。

「いや、わからない」

かれは皮肉っぽい笑みを見せた。

「定期的に墓参りしてもらえるからですよ」

8　現在……

荒々しい笑い声が空間を満たしているようだ。いくつもの顔がわたしをのぞきこんでいる。どれも奇妙に滑らかで、まるで温かい蠟におや指で窪みをつけ、爪でしわを描いたように見える。それら未完成の顔の数々は、すべてわたしの自我の鏡像だった。はかりしれない深淵にいるわたしを、上から見つめているのだ。

わたしは恐るべき空虚の底深くに落下していく。薄暗いボックス席で熱狂し喝采する観客で超満員の客席をつっきり、かれらの顔さえ見えないまま。かれらはわたしの落下に耳を聾するほどの歓声をあげるが、実際には、わたしは落下しているわけではない。意識だけが溶解しかけている。意識が肉体から流れでて、あとにはマシンのような、からっぽの外殻だけがのこる。

〈やめろ！　もう終わりだ！〉たたきつけるような声が響く。

絶望にまみれた、だれかの声がいった。

「耐えられなかったようだ。衝撃が大きすぎた」

落下がいきなりとまる。本当の意味で最初に感じたのは、塩味だった。

〈血の味だ、ばかめ！　もっと自分をコントロールしろ。下唇を噛み破ったのだ〉

「接続がとぎれたかどうか、判断できるか？」べつの声がした。

「無理だ！」

「じゃ、危険を冒すしかないわ、スワン。チューブを切断しましょう」

「いや、待ってくれ！」

わたしはあらためて漠とした不安に駆られた。これほど強い感情をおぼえるのはずいぶん久しぶりだ。その不安に、合理的な思考で対抗することができない。同時に名状しがたい精神的引力も感じていた。はっきりとはわからないが、感じるのはまちがいない。

わたしは唇を動かした。

「スプーディが……」と、声を押しだす。「それは……いま……」

「やりとげたようだぞ！」スワンが声をあげた。「急げ」

わたしの上を影が通過した。周囲のあわただしい動きに、パニックが高まる。頭上を見ると、威圧的なスプーディの雲がかかっていた。

わたしの頭から雲に向かってのびていたチューブが、最後に揺らめいて、消える。

スワンがそっとわたしのからだをつつき、

「気分はどうですか？」と、親しげにたずねた。

喉がからからだった。ようやくクランドホルの賢人の役割を終えたのだ。スプーディの集合体は、なにかきわめて異質なものにしか思えなかった。片腕をあげ、震える指で共生体の不気味な群れを指さす。

「もう二、三年もすれば、切りはなすことはできなくなっていただろう。接続が強くなりすぎて」

その場合、どんなことになっていたかを想像してみる。スプーディはますます支配力を強め、わたしは無価値な付属物になりさがっていたかもしれない。

「立ちあがりたければ、そうしてもかまいません」スワンがほがらかにいう。

なかなかずぶとい男らしい。わたしはまだ手も足も震えていて、数時間はまともに動くこともできないだろう。無理に頭を動かし、サーフォ・マラガンのほうを見る。かれは青白い顔で、反重力担架の上に横たわっていた。

「危険がないわけではないぞ、サーフォ。リスクを理解しておくことだ」

かれがわたしのほうを見た。その目つきから見て、だれにもとめることはできないようだ。

それでも、わたしはこういった。

「わたしはあぶなく死ぬところだった、サーフォ」

相手の表情には不信が感じられた。警告しようとしているのがわからないらしい。

「いずれにせよ、自分の状況は把握しておくことだ。接続をコントロールするのはきみ自身だ。さもないと……スプーディにのみこまれてしまう。用心しないと、やがてきみの意識は消失するか、すくなくとも変容してしまうだろう」

「いつまで話しあうつもりです？」公爵カルヌウムが割りこんできた。「話はもうついているものと思っていましたが。そろそろ登壇して、事情を公表しなくては」

「そのとおり」公爵グーも同意する。「兄弟団はまだ手をひいていません。一度獲得した立場は守ろうとするだろうし、権力をさらに強化しようともするはず」

「急いだほうがいいな」

わたしは自分と両公爵の関係が完全に変化したのを感じていた。それは向こうも同じだろう。スプーディを失ったわたしは、ただの一宙航士にすぎない。賢人に向けられていた敬意は、もはや期待できなかった。わたしに敬意をはらっていたことを、恥辱とさえ思っているかもしれない。

わたしは思わず微笑した。

神々の死は、つねに似たようなかたちをとるもの……

中央コミュニケーション室から連絡があった。スキリオンがいささかとほうにくれて、無数のメッセージをだれがうけとるのかとたずねている。

「日常業務はわれわれが処理する」と、賢人の従者がいう。「ただ、重要な決定もあると思うが」

「通信室に案内してくれ」と、グー。「わたしが面倒を見る。マラガンの準備ができたら、協力して作業にあたろう」

コヌクたち数人の賢人の従者が、問うような視線をわたしに向けた。かれらにとっては、相《あ》いかわらずわたしが水宮殿における意志決定者であるらしい。

「いわれたとおりにしろ。権力の空白をこれ以上長びかせることはできない。兄弟団が仮借なくつけこんでくるから」

わたしはグーに向きなおった。

「なにかあったら、まずあの女防衛隊長に連絡することだ。これまでの危機にさいして、冷静さをたもっている。きみもカルヌウムも、シスカルなら信頼できるだろう。もう一点、建築部門のチーフ、クリトルに気をつけろ。兄弟団に寝返ったらしいから。ヘスケント地区との連絡がほとんどとだえたのは、あの男のせいだ」

「最高裁判長のジェルヴァはどうでしょう?」と、グー。「なにか知っていますか?」

「シスカルといっしょにテルトラスにいるはずだ。信用できると思う。とにかく、兄弟団の黒幕を探りださなくては」

「それはこれまでのところ、成功していません」グーはかぶりを振った。

「だが、状況は変わった」わたしはかれに希望を持たせた。「兄弟団の影の指導者が穴から出てきて、活動しはじめている。いまなら捕まえるのはかんたんだろう」

公爵グーを支える者たちを見る。謎の巨大スプーディであるフィッシャーが、影のようについてまわっていた。プロドハイマー＝フェンケンのググメルラートも、将来だれを支えるべきかわかったようだ。

わたしは腕をついてからだを押しあげた。コヌクとカルヌウムの手を借り、どうにか上体を起こす。いずれあたりを走りまわれるようになるといいのだが……なんという感覚だ！

「では、きみの番だ、サーフォ」わたしはしずかにそういった。

＊

「スプーディに中毒することはあると思うか？」わたしはマラガンにたずねた。

このときはじめて、わたしの言葉がかれの決意を揺るがしたようだった。注意深く観察していないとわからなかっただろうが、いらだたしげに何度も呼吸をくりかえしていたのだ。

わたしの観察眼はたしかである。べつにうぬぼれるつもりはない。わたしくらい長く生きて、つねに人類と関わってきていれば、ごくわずかな反応を正しく評価するのはかんたんなことだ。

「中毒だというなら、クランドホル公国の全市民が中毒者でしょう！」

予想したとおりの答えだった。

「規則を忘れているぞ、サーフォ！」

「規則……」

「だれもふたつ以上のスプーディを保持してはならない」スカウティが引用した。

わたしに手を貸そうとやってくる。たぶん彼女はマラガンがわたしの後継者となり、賢人としてグーに助言するようになるのを、阻止できるかもしれないと思っているのだろう。

「例外は存在します！」と、マラガン。

「たしかに……典型的なのは、兄弟団メンバーだな。クランにおけるドラッグ・シーンの構成員といってもいい。サーフォ、ふたつ以上のスプーディには、まちがいなく中毒性があるのだ。自分に正直になれ。兄弟団がきみを複数スプーディ保持者にして以来、きみはそこから逃れることができなくなった。《ソル》で群れの味を知り、いまはわたしにとってかわりたくてしかたがない」

マラガンはわたしを見つめた。

「あなたは……あなたこそ中毒しているんです、アトラン」

わたしは軽く自分の胸をたたいた。

「わたしは細胞活性装置保持者だ、サーフォ。その点が異なる。それでもなお、多数のスプーディを失うのは、じつに耐えがたいことだった」

「どうしてそんな話をするんです？　わたしがあなたにとってかわるのは、あなたの利益になると思っていたんですが」

「わたしではなく、コスモクラートの利益だな。だが、かれらは下位平面でなにがあろうと気にしない」

マラガンのいらだちは、もはや見逃しようがない。かれは神経質そうに唇を舐《な》めた。

「下位平面？」

「そうだ。コスモクラートはあまりに進化した存在なので、個人の運命など考慮しない。ものごとを複雑な全体として考える。〝それ〟とセト＝アポフィスの力の集合体のあいだには、緩衝地帯が必要だ。そのために個々の存在がどれほどの犠牲をはらおうとも、どれほど悲惨な運命に見舞われようとも、かれらは気にかけない」

「そんな、非人間的な！」

「まったくだ」

「どうしてわたしに、そんなことを話すんです？」

わたしはじっとかれを見つめた。

「きみは将来、きわめて孤独になるだろう、サーフォ・マラガン。その孤独のなかで、とても遠くにいる力がきみの運命に関与していて、最期の瞬間には悲惨な状況から救いだしてくれると信じるようになる」

「でも、救ってはくれない？」

「そうだ。きみは見すてられる」わたしは苦労して立ちあがり、よろめきながら自分の脚で立った……ほぼ二百年ぶりだ。

マラガンは上下の唇を交互に噛んだ。スカウティが懇願するようにかれを見ている。

わたしは一歩踏みだした。まるで木の人形のようで、足どりはおぼつかない。

「かまうものか」マラガンはむせび泣いた。「それでも、わたしはやります」

＊

スワンと助手たちがマラガンを乗せた反重力担架を、これまでずっとわたしが横たわっていた窪みのそばにひっぱってきた。公爵グーのほうは水宮殿の中央コミュニケーション室に行き、必要な接続をセットしている。

全体としてできることがどれほどすくないかを知ったら、グーはきっと驚くだろう。それなのに、要求は過大だ。マラガンが数百万のスプーディと接続され、助力が可能になれば、協力して使命を遂行できるだろうが。

とりあえず、グーは大きな間隙《かんげき》を埋められる。すくなくとも、公爵の名のもとに水宮殿で決定がなされている、という外観をとりつくろう意味はあった。

「いずれにせよ」と、わたしはマラガンにいった。「任務はかなり楽なはず。わたしは大星間帝国の建設を手助けしなくてはならなかった。きみはそれを維持するだけでいい」

かれは微笑しようとした。スカウティとブレザー・ファドンはそのそばに、部外者のような顔で立っている。ふたりは考えなおして、惑星クランから立ちさることにするかもしれない。

わたしは弱った脚を鍛えようと、あたりを歩きまわった。まもなく《ソル》にもどれる……そう考えると気分が高揚した。

公爵カルヌウムはわたしが歩くのをじっと見つめていた。不信感はかくしきれていない。なぜかわたしは最初の交渉相手、公爵ムンドゥウンを思いだした。

グーが中央コミュニケーション室から報告してくる。

「事態はおちつきました。ただ、内戦の危機が去ったわけではない。アトラン、あなたが危惧したとおり、兄弟団は手をゆるめていません」

「つまり、きみが急いで向こうに行き、主要グループの代表と話をすべきということだ」わたしはカルヌウムにいった。

かれは苦い顔でうなずいたが、水宮殿の秩序がもどるまで、出ていく気はないようだった。わたしはそれを見て、かれと兄弟団代表との交渉を支援しようと決意した。そうすることで、あの組織の黒幕にたどりつけるかもしれない。黒幕を排除しないかぎり、公国内の平和を維持するのは困難だろう。

マラガンをちいさなスプーディ塊から切りはなす準備も進んでいる。スワン、マートン、イルセ・ラーゲスにとっては、たいしてむずかしい作業でもないらしい。切りはなしたスプーディは、わたしが接続していた大きな群れに統合される予定だ。つまり、マラガンはわたし以上に大きな共生体に接続されることになる。かれも両公爵も、スプーディの群れが七年後には死んでしまうことを心配する必要はなかった。賢人だった時期に充分な時間をかけて、共生体のさまざまな可能性を実験してきたのだ。これからマラガンが利用するスプーディを生かしつづける方法はわかっていた。

スプーディを〝生かしつづける〟という言葉が、意味をなすのかどうかはともかく。

わたしはこの奇妙な共生体のことをずっと考えてきた。任務のために必要な調査でもあったが、その結果にはつねに奇異な印象をうけた。ヴィールスに似たところがあるようなのだ。

ただ、その結論は、どちらかというと想像に近いものだった。確実に解明したとはとてもいえない。

賢人の従者たちは、天井の下の巨大なスプーディ集合体とマラガンのあいだに、チューブ状のエネルギーの橋をかけはじめていた。マラガンはじっとしずかにしている。その顔には恐怖と至福のいりまじった表情があった。

ファドンが近づいてきて、歩きつづけるわたしに不安そうに声をかけた。

「自我を失ったりすることはないと、確実にいいきれるんですか？」

「確実なことはだれにもいえない」と、わたしは答えた。「だが、カタストロフィが起きるとは思っていない。本人が望んでいることだ。それが力になり、どんな問題も解決してくれるだろう」

ファドンはまだなにかいいたそうだったが、質問を重ねることはしなかった。マラガンの反重力担架の横に立つ、顔色の悪いスカウティのそばにもどっていく。

惑星キルクールの森にいたほうが、あのベッチデ人三人は幸せだったろう。わたしはずっとそう思っていた。だが、はじまってしまった変化は押しとどめられない。

マラガンは自分のオデッセイがどんなかたちで終わるのか、想像したこともなかったはずだ。

「どこまで進みましたか？」グーの声が受信機から響いた。「宇宙の光にかけて、わたしは生涯はじめて、ほんとうに仕事をしなくてはならない……こんな体調なのに」

「すぐにきみの側近たちが水宮殿にくる」わたしは答えた。「いままでずっと、かれらといっしょに仕事をしてきたではないか？　どうしてこれからはできないと思うのだ？」

　グーは安堵のため息をついた。

　しばらくして、ふたたび声が聞こえる。

「そのベッチデ人がうまくスプーディとつながったら、いくつか質問したいことがあるのです。なかのひとつは、とりわけ個人的なことでして」

「きみの負傷のことか？」わたしはたずねた。「死ぬようなことはないだろう、公爵グー」

　かれは一瞬ためらって、こういった。

「わたしは長らく不快な病に苦しんでいます。いま、ここで話す気はありませんが、マラガンが力になってくれることを期待しているのです」

「なぜ、わたしには助けをもとめなかった？」わたしは驚いてたずねた。

「それはあなたが……ふつうの存在だと知らなかったからです」グーは率直に認めた。

「そういうイメージができあがっていて、あなたに話すのは気まずかった。マラガンなら、そういうことはありません。血と肉でできた生物だと知っていますから」

　わたしはそれ以上、踏みこまなかった。クランドホルの公爵にも、ちいさな秘密は必要なのだ。

9　当時……

水宮殿は美しい建物だったが、わたしにはときどき、脱出不可能な罠に見えることがあった。建物は地球時間の数カ月で完成し、わたしはクラン人に気づかれないよう、《ソル》から運びこむ機器にまぎれて内部に移動した。すべてを知っているのは水宮殿で働くソラナーだけだ。わたしは自分の呼び名に準じて、かれらを〝賢人の従者〟と名づけた。

わたしはそのとき、すでにスプーディを四匹いれていた。課せられた任務をこなすには、通常の知性ではまにあわないことがすぐにわかったから。

クラン人は非クラン人知性体と接触を持っていた。ターツと称する、トカゲの末裔である。この種族をクランドホル公国に統合するのは、むずかしいことではなかった。公国拡張の第一歩は、わたしが思っていた以上に早く踏み出された。それでもクランドホル公国の変容は、なかなか認識されなかった。

クラン人は驚くほどすばやく、新しい制度に慣れ親しんだ。不信感は影をひそめ……

猜疑心の強い公爵だけはべつで、全面的な信頼は最後まで得られなかったと思うが……かれらはわたしがあたえる装備の使用にたちまちなじんでいった。

ムンドゥウンは定期的に水宮殿を訪れたが、もちろん、わたしと顔をあわせることはなかった。外側の部屋にいて、わたしとはインターカムで通話していたから。映像はなく、声だけだ。

ブレッククラウン・ヘイズはすでに亡《な》くなっていた。遺体は望みどおり《ソル》でヴァルンハーゲル・ギンスト宙域に運ばれ、宇宙葬に付された。あの頑固者の死を、わたしは深く嘆いたもの。同時にわたしは、それがあらたな孤独のはじまりであることを知った。ガヴロ・ヤール、ジョスカン・ヘルムート……時間の経過とともに、かれらも人生のステージから去っていくのだ。

いまや《ソル》はヴァルンハーゲル・ギンスト宙域とクランドホル星系のあいだを定期的に往復し、やがて全クラン人がスプーディを保持するようになった。次いでターツにスプーディをいれる実験を開始し、トカゲの末裔もスプーディと共生できることがわかると、かれらにも供給するようになった。

すべての状況が、コスモクラートの意志にそっていることをしめしていた。

選択はまちがいなく正しかったということ。

だが、クラン人が緩衝勢力として適していると、どうしてわかったのか？

コスモクラートには千里眼でもあるのだろうか。それとも、時間のなかを行き来できるのか？

この謎の答えは見つからなかった。

＊

いつものように水宮殿にはいってきたムンドゥウンは、青い制服の護衛を入口に待機させた。いまだにわれわれ……異人……に対し、大胆不敵にふるまいたいという衝動に打ち勝てないのだ。

そのころにはわたしもクラン人の身振りの意味がわかってきていて、この頑健な種族の顔の表情から、感情の動きも読みとれるようになっていた。

ムンドゥウンは賢人の従者数人により、控え室に案内された。かれがここ数週間、くたくたになるまで働いていたことは知っている。公国の管理をすべてコンピュータにまかせるというわたしの提案に、かれはこれまで耳を貸さなかった。マシン嫌いというわけではないが、みずから政権を運営しないと、種族を裏切っているような気分になるのだろう。

ムンドゥウンは水宮殿にくると、つねに用心深くなった。今回もそれは同じだが、その狼じみた顔には疲労が深く食いこんでいた。まるで、ここにいるだけで、ありえないほどの精神集中を強いられているかのようだ。

かれが傑出した統治者だということはもうわかっていた。ただ、時代遅れの統治方法に固執《こしゅう》するため、本人もわたしも苦労する結果になっている。

話しあいも、もちろん公爵の執務室でできればもっとかんたんなのだが、かれは水宮殿を訪ねるという儀式にこだわった。

長いケープを脱ぎすて、控え室にそなえられているシートに腰をおろすと、賢人の従者に怒りのこもった視線を向ける。

「ひとりにしてもらおう！」

ソラナーには公爵の言葉にしたがうよう命じてある。唯一の例外は、建物の中心にいるわたしのところに連れていけと要求された場合だ。ただ、ムンドゥウンはこれを暗黙のタブーと心得ているようで、これまでそう口にすることはなかった。

こちらからは公爵を観察できるのに、その逆はできないということに、わたしは多少の不公正さを感じていた。

「挨拶を、公爵」と、声をかける。

公爵はあくびをし、かくされたスピーカーを探すようにあたりを見まわした。

やがてかれは、明らかに敵意のこもった声でこういった。

「今回は特別な理由があっての訪問です」

「いつも特別な理由があるではないか」わたしはおだやかに指摘した。

公爵はとまどったように顔をしかめた。人類でいえば、そうかんたんに話題は変えさせない、というような表情だ。

腰をシートの前にずらし、頭をそらして、たてがみが肩にかかるようにする。

「執務の電子化について協議したいのです」

わたしはほっとした。

「じつに賢明だ」と、相手を賞讃。「では、新設されるサウスタウンにこの施設を移設して……」

「ただし、条件があります」公爵はわたしの言葉をさえぎった。

「と、いうと?」

「あなたのことが知りたいのです!」

「わたしのこと?」

「あなたは何者、あるいは、何物です、賢人?」

ついにきたか。その疑問はずっとかれをさいなんでいたはず。ほとんど目に見える重荷のように、肩にのしかかっていたのだろう。

「はっきりさせておかなくてはならないことがいくつかある」わたしはできるかぎりおだやかにそういった。その一方で、公爵の要求が危機のはじまりだということも理解している。「賢人の正体を知ることは、賢人をもはや必要としないことを意味する」

公爵が首を左右に振ると、たてがみがなびいた。

「決まり文句ですな」

「わたしがふるう力は公国のためのものだ。きみの種族ときみにとって、わたしは神話的存在だろう。その点は変えようがない。わたしが体現しているような力を、一個の生命体に由来するものと考えるのは不可能だから。もしそうなら、あらゆる可能性が奪われるだろう」

公爵は考えこんだ。いや、考えこむふりをした。実際には、かれは恐ろしく頑迷で、その思いこみをかんたんにつきくずすことはできなかった。

わたしはかれの次の言葉を予想した。わたしの正体を、すくなくとも自分には打ち明けるべきだというだろう。

ややあって、公爵は最初から頭にあったはずの言葉を口にした。

「わたしだけが知っていればいいではありませんか」

こんな場合でなければ、このやりとりを楽しんだかもしれない。だが、現状はきわめて危険だった。公爵はだれにも増して、わたしを支持しなくてはならない立場だ。わたしには、かれの全面的な支持が必要だった。本人は気づいていないが、ムンドゥウンはいつでも好きなときに賢人の権威を失墜させられる。

「時間が必要だ」と、わたしはいった。

「待ちます」

わたしは通話を切断し、ジョスカン・ヘルムートを呼んだ。もとサイバネティカーは、ほかに賢人の従者をふたり連れてきた。短い挨拶のあと、わたしはムンドゥウンのうつっているスクリーンを指さした。

「公爵が無理難題を吹っかけてきた。わたしに会いたがっている」

「説得して、あきらめさせなくてはなりません」ヘルムートが渋い顔でいう。

「残念ながら、それはむずかしそうだ」

「なにか考えはあるのですか？」ハアルグという賢人の従者がたずねた。

「見たがっているものを見せてやるしかないだろう」

ヘルムートはため息をついた。

「プロジェクションですね。トランス状態にして、視覚的な幻を見せればいい」

「気にいりませんね」と、第三の男。《ソル》では格納庫担当技術者で、名前はオレゴスといった。「ムンドゥウンは友好的で知性的な協力者です。だますのは気がひけます」

わたしは順番に三人を見つめた。

「だれか、ほかに名案があるのか？」

全員うつむき、ブーツの爪先をじっと見ている。

「ムンドゥウンになにかを見せても、それでかれの知性に対する評価がさがるわけではない。もちろん、強い印象をあたえる必要はあるが」

「わたしが用意しましょう」ヘルムートがいい、急いで部屋から出ていく。

ひとりになると、わたしは音声通話を再接続した。公爵は辛抱強く待っていた。

「いいだろう」と、かれに告げる。「ただし、ここで見たことは、もっとも信頼する相手にも明かさないことが条件だ」

「約束します」公爵はほとんど反射的にそう答えた。

その言葉は信用できるとわかっている。問題はムンドゥウンが、心理的トリックに満足するかどうかだった。

*

すべてが終わったあと、ムンドゥウンは黙りこんでいた。目にしたことをわたしと話しあう気もないらしい。当然、わたしはなにもたずねなかった。相手をとまどわせるだけだから。

「帰ります」公爵がいったのはそれだけだった。

思考を整理するのに、しばらく時間がかかるのだろう。二、三日後にはまたやってきて、わたしの欺瞞《ぎまん》を糾弾するかもしれない。一方、感謝して、失望を克服する可能性もある。自分がテレパスではなく、かれの思考が読めないのが残念だった。

もちろん、ひそかにかれを監視させることもできた。だが、この誇り高いクラン人に、たとえ本人が気づかなくても、そんなことをする気にはなれなかった。かれとわたしのあいだには、名状しがたい友情のような関係が存在していた。

わたしはひそかにかれの次の来訪を楽しみにしていたが、その機会は訪れなかった。

政府との定期連絡のさい、かれは最後の訪問時のことを話題にしなかった。わたしと同じく、不安をおぼえているようだ。

次の訪問日が近づいてきたころ、公爵はふたたびわたしと会う前に、新造艦の実験航行に同乗し、命を落とした。わたしはかれの死に動揺し、コスモクラートと、おのれにあたえられた任務に悪態をついた。

ムンドゥウンはみずから死をもとめたのか？

なんともいえない。ムンドゥウンの後継者となった新公爵は、ケラトという名のそっけない男だった。もとは技術官僚で、わたしは最初から、ものごとの背景をあまり考えない印象をうけた。かれは公国のあらゆる地域から毎日とどく成果報告を楽しみにしていた。

わたしはしばらくのあいだ、友たちにも会わずに閉じこもっていた。かれらは理解し、わたしをひとりにしてくれた。ムンドゥウンの葬儀にはジョスカン・ヘルムートを派遣した。

こうして、あとになるほどつまらぬ三文芝居に思えてきたあのプロジェクションに、かれが納得したかどうか、わたしが知ることは永遠になくなった。

わたしはムンドゥウンとじかに顔をあわせなかったことを後悔した。このころ、わたしは自分の役割を憎んでいた。

*

必要に応じてより多くのスプーディを接続していくうちに、わたしはますます身動きできなくなっていった。完全に肉体を動かせなくなる日が、恐れていた以上に急速に近づいている。

わたしは問題を理解している少数の男女に相談した。だが、肉体を深層睡眠状態におき、精神だけで無数のスプーディとともに賢人として働くという考えは、かれらを驚愕させた。

つねにものしずかなヘルムートは深く悩んだ。そのころには、かれは見た目にも明らかに老いていた。

「それは賢人の従者と全ソラナーが、あなたを失うということにほかなりません。あなたがひとつの〝機関〟になってしまうということですから」

「だが、スプーディはもっと必要だ」わたしは反論した。「新公国の拡大ははじまったばかり。これ以上は共生体を増やせないとなったら、任務を完遂することはできない」

かれは老いた目でわたしを見た。わたしがすでに心を決めていることがわかったのだろう。

「賢人をやめてください」と、ヘルムート。

「よくもそんなことがいえるな」わたしは答えた。

ヘルムートの顔にちらりと笑みが浮かんだ。一瞬、かれに昔の活力がもどってきたように感じる。だが、それはすぐに消えてしまった。

「それもまた、一種の逃避ですよ」

「そうだな」わたしは苦悩していた。

「あなたの立場でなくてよかった。ガヴロとブジョを呼んできます。あなたにお別れをいいたいでしょうから」

「お別れ？」そういいながらも、ヘルムートの言葉の意味はよくわかっていた。

「あなたを眠らせてしまったら、もう会うことはできません。ほんとうにお別れです。あなたがふたたび目ざめたとき、われわれ、もう生きてはいないでしょう」

「そこまで長く眠っているつもりはない！」わたしは弱々しく反論した。

「どうせそうなります！」

わたしを説得できないことを賢人の従者たちがうけいれたあと、準備が開始された。

「意識はつねにのこっている」わたしはそういって、友たちをなぐさめようとした。

「理性はずっと目ざめていて……きみたちのために も働いているのだ」

かれらはしぶしぶ作業を進めたが、正確さはいつもどおりだった。

このころわたしは頻繁に、〝懐旧室〟と名づけた部屋を訪ねた。そこにいると、それなりの自由が感じられたから。巧みにつくられたシャフトからは、惑星クランの空を見ることができた。

これから数年間……コスモクラートなら何年間か正確に知っているかもしれないが……わたしは深層睡眠のためにつくられた、賢人の間ですごすことになるだろう。

またしても、時空の果てに行ってくることになる。

未来は不確実だ……

10　現在……

振りかえってみると、わたしはおちつかない人生を送ってきたといえる……根なし草の人生を。〝それ〟を通じてわたしに細胞活性装置を持たせた者たちは、そのためにわたしが宇宙を横断する運命におちいることを知っていたのだろうか？

サーフォ・マラガンにもいったとおり、コスモクラートは個々の存在を気にかけない……どんな無理難題を押しつけようと。

だが、ペリー・ローダンとわたしに関しても、そうなのか？

かれらはわたしを物質の泉の彼岸に送り、そこで惑星クランでの任務を準備させたではないか？

物質の泉の彼岸で起きたことの記憶を失っているのは、じつに残念だった。記憶があれば、この事態はまだしも耐えやすかったろう。

あるいは、重荷になるだけなのか？

まだ若かったころ、アルコン宮廷医師のファルトゥルーンが忠告してくれた言葉をあれこれ、思いださずにはいられない。あの事情通は、空間だけでなく時間を移動する道にも通じていたのではなかったか？

かれもまた、コスモクラートの使者だったのか？

そう思うことはときどきあった。

考えごとを中断し、ベッチデ人を見る。スワンとマートンとイルセ・ラーゲスは、マラガンと巨大なスプーディ群との接続をすでに終えていた。だが、話しかける前に、キルクールのもと狩人にはすこし時間をあたえたかった。マラガンがいま、どんな経験をしているか、わたしにはわかっている。それに耐えられる強さがあるといいのだが。

賢人の間を見まわすと、そこで二百年近くもすごしたとは信じられなかった。

すぐにまた身動きできない状態に自分をおくことはしない、と、心に誓う。いくらコスモクラートでも、ただちに次の任務をあたえたりはしないだろう。

できるだけ早く銀河系にもどりたかった。

それは古きよき《ソル》の最後の航行となるだろう。SZ＝2を失ったと知ったら、ペリーはどんな顔をするだろうか。

それはなんとしても避けるべきでした、と、いわれるにちがいない。

いま、テラはどうなっているのか？

想像もつかない。

バーロ人は祖先の故郷を見られるだろうか？　あの宇宙人間たちのことを考えると、打ちのめされた気分になった。かれらは自分たちの運命を知り、それを甘受している。だが、なにができたというのだ？　かれらは進化の偶然の産物でしかない。

ほんとうに偶然なのか？

わたしにはわからない。これもまた、不死者にさえわからない秘密に属する事項なのだろう。

空想のなか、《ソル》がルナとテラの中間に浮かんでいるのが見えた。ハッチが開き、バーロ人が宇宙空間に出てきて、われわれが〝地球〟と呼ぶ、虚空に輝く青い宝石を見つめている。なぜかかれらは、それを見るとおちつくらしい。

ほかのソラナーたちは？

かれらが知っているのは、テラに関する話だけだ。

タンワルツェンやその友たちは、地球についたら失望するのではないか？　ほんものの地球人と出会ったら、コヌクたちはどんな反応を見せるだろう？

ソラナーが地球に帰還できる可能性は、ほんとうにあるのか？

「アトラン」

人声がわたしの思いを破った。振りかえると、スカウティの顔があった。

「あなたは……その……」

「どうした？」彼女はなぜ、暗い顔をしているのだ？

「キルクールのことなんです！」

ようやくわかってきた。

「故郷のベッチデ人のことが心配なのだな？」

「はい」彼女は熱心にうなずいた。「これからどうなるのか、知りたいんです」

「どうなるのか、とは？」

「ヴェイクオスト銀河から最終的に立ちさる前に、《ソル》はキルクールに立ちよるんでしょうか？」

そのことはわたしも考えたが、答えは得られなかった。

「わからない」わたしは正直に答えた。「きみとブレザーはどう思っている？　ベッチデ人のことは、ベッチデ人にまかせるべきだとは思わないか？　きっとキルクールであらたな文明を築いていくだろう。《ソル》に乗って故郷銀河にもどることを望むとは思えない」

「通常なら、そう考えるのが正しいでしょう」ブレザー・ファドンが真顔で話にくわわった。「ですが、キルクールが公国の一拠点になったことを忘れるべきではありません」

「それでどんな違いがある？」

「ある意味、ベッチデ人は独立心を失ってしまうでしょう」

それはいま、ここで解決できる問題ではなかった。

「今後ベッチデ人がどうなるかは、時間がたたないとわからない」わたしは明確な返答を避けた。「いずれにしても、わたしはベッチデ人自身がどう考えるかに興味がある」

スワンがわたしに合図した。

「どうやらサーフォの接続がおちついたようです」

ホールの天井の下に浮かんだスプーディの群れは、いまやマラガンと頑丈なチューブでつながっていた。かれはわたしが二百年近く占めていた地位を継承したのだ。ただ、わたしのときと違い、マラガンは床の窪みに横たわってはいない。《ソル》から水宮殿にうつすとき使った反重力担架に横になっている。

わたしは、クランドホルのあらたな賢人として任務につく公爵グーを支える男に近づいた。

マラガンは目ざめていた。リラックスした表情で目をあけている。かれをいかにも病的に見せていた熱っぽい目の光は、もう消えていた。長くつづいていた精神の混乱も、いまでは過去のものだ。

奇妙な思いが頭に浮かんだ。わたしはサーフォ・マラガンがいま感じていることを理解できる、この世で唯一の存在だ。かれのほうから見れば、すべてを打ち明けられる相手はわたししかいないということ。

　たぶんそんな思いを感じとったのだろう、かれは弱々しく微笑した。

「幸福な気分だろう、サーフォ」かれの上に身をかがめ、そうささやく。

「幸福というのはちょっと違いますね。すばらしい洞察力を得た、というべきでしょう」

　スカウティが近づいてきた。懸命に動揺をかくし、涙をこらえている。そこにいるのはもう、彼女が知っているサーフォ・マラガンではなかった。

「だいじょうぶ？」スカウティが声をかける。

「もちろんだ」と、マラガン。「わたしのことなら、なにも心配はない」

「それでも心配してしまうんだ！」ファドンが声を荒らげた。「サーフォ、このおろか者、どうしてこんなことをした？」

「こうするのが正しいからだ」と、マラガン。

　ファドンはスカウティの腕をとり、

「賭けてもいいが、二、三週間もすれば、サーフォは新しい役割にうんざりして、われわれのところにもどってくる」と、強い口調でいった。

「その賭けはあなたの負けよ、ブレザー・ファドン」彼女はそう答えた。

「むだ話はもういい！」公爵カルヌウムが胴間声《どうまごえ》をあげた。狼じみた顔にはいらだちの表情がある。「われわれがひきつぐ時間だ」

もちろんそのとおりだった。水宮殿の外でなにが起きているか、忘れるわけにはいかない。新政権を早く確立する必要があった。兄弟団を牽制《けんせい》しなくてはならない。

「わたしなら心配ない！」と、マラガン。「公爵グーと相談してやっていく。たがいにうまくやれる自信がある」

奇妙な感覚だった。賢人の間にいるべつのだれかが、徐々に公国のことがらをひきうけはじめているのだ。

わたしがこの星間帝国の中心に立っていられるのは、もうほんの数瞬のことだろう……そのあとは、部外者だ。

＊

ローマ帝国の衰亡を体験した身としては、星間帝国クランドホル公国の勃興は、あらたな体験でもなんでもなかった。それでも公国の拡張に関わる立場にいたせいで、わたしはクラン人とのあいだに強い絆《きずな》を感じていた。

かれらのメンタリティは、かつての北アメリカ・インディアンを思いおこさせる。

わたしの胸には、いつかふたたびこの地を訪れ、クラン人がどうなったかたしかめたい、というかすかな希望があった。

クランドホル公国は独力でその存在を強固にし、ふたつの力の集合体のあいだで宇宙航行種族どうしの戦争がはじまるのを阻止しているだろうか？

わたしはそうなることを願っていた。なぜなら、戦争が起きた場合、どちらの種族もその真の理由を知らないのだから！

公爵カルヌウムに目を向ける。銀におおわれた制服を着用するこのクラン人は、あらゆる放射に対してトラウマ的な恐怖をいだいていた。それがなぜか人間的に思える。かれとはまだ、短期間だがつきあいがつづくだろう。兄弟団との戦いで、わたしの支援が必要だから。

カルヌウムは知性体がどれほど大きく変化できるかをしめす好例だった。ほんの数週間前までは、単独で全権力を掌握《しょうあく》するという野望にとりつかれ、グーに攻撃をしかけることも辞さない男だった。

それがいまでは、全体のために働こうとしている。

かれはわたしの視線を感じ、問うように振り向いた。わたしはいう。

「おもてに出て活動するようになったら、もと賢人がきみに同行していると、だれもが知ることになるだろう」

「当然です」公爵は憤然となった。

「きみは拒絶され、侮蔑さえされるかもしれない」

せん」

「それはないでしょう」と、公爵。「たとえそうなったとしても……わたしは気にしま

「一時はわたしに対抗していたのに？」

「個人的に嫌っていたわけではありません。世界観の違いです。ほんとうにミスをおかしたのは、わたしの祖先でした。われわれの文明に、異星の影響をとりいれるべきではなかった」

「公爵ムンドゥウンは誠実で、頭の切れる男だった、カルヌウム。当時のクラン人は、いまとは異なる発展段階にあったことを忘れてはならない。それに、われわれ、同意する以外のチャンスをクラン人にあたえるつもりはなかった」

「それが正しいことだといえるのですか？」

「わからない。だが、忘れないでもらいたいのは、われわれが未知勢力の代理人にすぎないということだ」

カルヌウムは歯をむきだした。

「いつかだれかがやってきて、あらゆる背景を説明してくれないなら、わたしはこのすべてを壮大な詐欺と考えるでしょう。謎めいたコスモクラートとやらが、利己的な目的を追求しているだけなのかもしれない」

「そうは思わないな」そうはいったものの、わたしも心の奥底では、しばしば疑念にさ

いなまれていた。

近いうちにペリー・ローダンと、すべてを語りあえるといいのだが。

かれは多少とも関連性を解明しただろうか？

「そろそろ行きましょうか？」カルヌウムがわたしをうながした。

「あとすこしだけ。先に《ソル》のタンワルツェン船長と話をして、最新情報を伝えておきたい」

「トマソンにもですな」と、公爵。

「そのとおりだ」

中央コミュニケーション室にいるスキリオンに連絡をとるあいだ、これがクランとの別れのはじまりなのだ、と、はっきりわかった。

わたしは二百年にわたり、この世界でひとつの役割をはたした。自分にとっては重要な役割を。

「あなたはとても思慮深い」コヌクがいった。

「年の功だな！」なにしろ、一万二千歳なのだ！

その長い時間のことを思うと、身がすくむようだ。

こんな人生に、どのような意味があるのか？

この宇宙のあらゆる微粒子がたがいに関係しあっているというのがほんとうなら、宇宙のリズムを感じとることも可能だろう……たとえ感知できないほど一瞬のことであろうとも。

だが、生命体がそんな幸福を享受するチャンスはあまりにもちいさい。これまでの生涯にそんな瞬間などなかったという事実が、そのことを証明していた。

たとえ一万二千年をかけても、不可能だろう!

あとがきにかえて

嶋田洋一

この五月二十三日は亡妻の七回忌だった。

節目なのでお寺に法事をお願いすることにして、やや早めの十四日に予約を入れた。祝い延ばしは構わないが、弔事は先に延ばしてはいけないと言われる。わたしはそういうことを気にしない性格なので、最初は二十八日にやろうと思っていたのだが、さすがに周囲からの反対が強かった。若いころなら「知るか」と強行していたかもしれない。こういうのを丸くなったというのかな。

自分の内心を分析してみると、強行した場合に得られる満足感と、軋轢《あつれき》に抵抗するエネルギーを比較して、効率が悪いと判断したようだ。二十代のころなら「因習に抵抗する俺カッコイイ」とか思ったのかもしれないが、今はそれを「アホか。そんなとこで抵抗して何の意味がある」と見下す自分がいる、という感じ。

まあ、若者にはそういう「アホで無意味な抵抗」が必要な面もあるだろう。大げさに言えば、人類はそうやって文明を進化させてきたわけだから。「俺カッコイイ」と自分に陶酔するのも、ある時期にはあって然るべきことなのかもしれない。

それが年を重ねることで陶酔から覚め、エネルギー効率を重視するようになって、人は分別を身につけていく。暴走しようとする若者と、それを制御しようとする大人がいて、その均衡が社会を存続させていく。なかなかうまくできているじゃないか。

少子高齢化の問題は、こんなところにも影響するような気がする。

ともあれ、親族のほか、友人や職場で同僚だった方たちにも声をかけた結果、当日は五十人近くが集まってくれた。妻の趣味だった着物を女性の友人たちに形見分けしていて、みなさんそれを着てきてくださり、法事とはいえ、なかなか華やかな集まりとなった。

七回忌というと普通はそれほど人数が集まるものでもないらしく、着物姿の女性が多いことも相俟《あいま》って、法話の中で「これはいったいどういったご関係の方々なのでしょうか」と問いかけられたりもした。わたしも最近の趣味で和服を着ていったため、いっそう奇異に思われたのかもしれない。

実際、和服の男性というのは、ほんとうに滅多に見かけない。お腹まわりに貫禄がついてきて、ズボンのウェストの寸法が年々合わなくなっていく中年男性にとっては、とても楽な服装だと思うのだが。

精進落《しょうじんお》としでは久しぶりに顔を合わせた方々と歓談し、妻の死というショックもだいぶ薄れてきたことを実感した。三回忌のときは、とてもそんな気分になれなかったもの。そういえば最近は、妻の夢を見ることもめっきり少なくなった。寂しい気もするが、徐々に忘れていくようにできているのだろう。そうでなければ、とても耐えられない。

精進落としのあと、ＳＦ関係の友人たちと二次会（という言い方でいいのか？）に繰り出し、楽しく飲み食いして七回忌を終えた。昔と同じにはならないが、これからも日常は続いていく。

デューン 砂の惑星〔新訳版〕（上・中・下）

Dune

フランク・ハーバート
酒井昭伸訳

〔ヒューゴー賞／ネビュラ賞受賞〕アトレイデス公爵が惑星アラキスで仇敵の手にかかったとき、公爵の息子ポールとその母ジェシカは砂漠の民フレメンに助けを求める。砂漠の過酷な環境と香料メランジの摂取が、ポールに超常能力をもたらし、救世主の道を歩ませることに。壮大な未来叙事詩の傑作！　解説／水鏡子

ハヤカワ文庫

訳者略歴　1956年生，1979年静岡大学人文学部卒，英米文学翻訳家　訳書『真紅の戦場』アラン，『競技惑星クールス』シドウ，『ロボット探偵シャーロック』グリーゼ&ダールトン（以上早川書房刊）他多数

HM=Hayakawa Mystery
SF=Science Fiction
JA=Japanese Author
NV=Novel
NF=Nonfiction
FT=Fantasy

宇宙英雄ローダン・シリーズ〈524〉

アトランの帰還《きかん》

〈SF2078〉

二〇一六年七月十日　印刷
二〇一六年七月十五日　発行

（定価はカバーに表示してあります）

著者　H・G・フランシス　ウィリアム・フォルツ
訳者　嶋《しま》田《だ》洋《よう》一《いち》
発行者　早川浩
発行所　株式会社　早川書房

郵便番号　一〇一 - 〇〇四六
東京都千代田区神田多町二ノ二
電話　〇三 - 三二五二 - 三一一一（大代表）
振替　〇〇一六〇 - 三 - 四七七九九
http://www.hayakawa-online.co.jp

乱丁・落丁本は小社制作部宛お送り下さい。
送料小社負担にてお取りかえいたします。

印刷・信毎書籍印刷株式会社　製本・株式会社川島製本所
Printed and bound in Japan
ISBN978-4-15-012078-8 C0197